Léxico da música para crianças

Monika e Hans-Günter Heumann

Léxico da Música para Crianças

Descobrindo o mundo da música

Ilustrações de Andreas Schürmann

Tradução
Tereza Maria Souza de Castro

martins fontes
selo martins

Gostaríamos de agradecer à equipe da Schott, especialmente à produtora editorial Monika Heinrich, pelo engajamento incansável e inspirador durante a feitura deste livro. Nosso muito obrigado, também, para o ilustrador Andreas Schürmann.

© 2015 Martins Editora Livraria Ltda., São Paulo, para a presente edição.
© 2000, 2004 SCHOTT MUSIC, Mainz - Germany
Esta obra foi originalmente publicada em alemão sob o título
Musiklexikon für Kinder

Publisher *Evandro Mendonça Martins Fontes*
Coordenação editorial *Vanessa Faleck*
Produção editorial *Susana Leal*
Capa *Paula de Melo*
Revisão técnica *Leandro Vasconcellos*
Preparação *Cecília Madarás*
Revisão *Renata Sangeon*
Ubiratan Bueno
Diagramação *Megaarte Design*

"Todos os esforços foram feitos para creditar devidamente os detentores dos direitos autorais das imagens aqui reproduzidas. No caso de eventuais equívocos ou omissões inadvertidamente cometidos, nos prontificamos a corrigi-los em futuras edições."

Dados Internacionais de Catalogação na Publicação (CIP)
(Câmara Brasileira do Livro, SP, Brasil)

Heumann, Monika

Léxico da música para crianças : descobrindo o mundo da música / Monika e Hans-Günter Heumann ; ilustrações Andreas Schürmann ; tradução Tereza Maria Souza de Castro. -- São Paulo : Martins Fontes - selo Martins, 2015.

Título original:
Musiklexikon für Kinder: Die Welt der Musik entdecken
ISBN 978-85-8063-238-5

1. Música - Literatura infantojuvenil I. Heumann, Hans-Günther. II. Schürmann, Andreas. III. Título.

15-06172 CDD-028.5

Índices para catálogo sistemático:
1. Música : Literatura infantil   028.5
2. Música : Literatura infantojuvenil 028.5

Todos os direitos desta edição reservados à
Martins Editora Livraria Ltda.
Av. Dr. Arnaldo, 2076
01255-000   São Paulo   SP   Brasil
Tel.: (11) 3116 0000
info@emartinsfontes.com.br
www.emartinsfontes.com.br

Prefácio

"Pai!" "Sim, filho?" "O que significa Barroco?" "De onde você tirou isso?" "No meu livro de piano está escrito: 'Peças fáceis do Barroco para piano'." "Vamos lá: Barroco é o nome do período de 1600 a 1750, no qual se criou um tipo de música maravilhoso. Por exemplo, Johann Sebastian Bach é um compositor importante dessa época." "Mozart também foi um compositor barroco?" "Não, ele foi um compositor do Classicismo vienense." Mas ele não compôs uma música bonita?" "Claro que sim. Ele compôs muitas músicas bonitas, aliás, mas de maneira diferente." "Mais bonita ou não tão bonita?" "Ah, é difícil de explicar..." "Se isso é tão difícil, então minhas peças barrocas para piano também são muito difíceis!"

Isso é o que pode acontecer a um pobre e sofrido pai... E como, certamente, não sou o único que é assim questionado pelos seus filhos, estou plenamente convicto de que um léxico da música para crianças bem compreensível e visual — como este — é indispensável, fundamental para pais e filhos!

Peter Schreier

Queridas crianças,

Gostariam de fazer uma emocionante viagem de descobrimento ao universo da música com Clara e Frederico? Se quiserem aprender muito, gostam de folhear livros e se divertem com música, então este livro é para vocês. Clara e Frederico (duas crianças apaixonadas por música) vão explicar, neste léxico, muitos assuntos e conceitos musicais interessantes. Vocês podem, por exemplo, participar de uma aula de balé da Clara, na qual a professora conta aos alunos um pouco da história da dança clássica e moderna, ou conhecer um fato engraçado sobre o compositor Joseph Haydn, que compôs uma *Sinfonia do adeus* para que os músicos de sua orquestra finalmente recebessem de seu príncipe as tão desejadas férias. Também irão conhecer, com Clara e Frederico, a notação musical, cuja evolução começou já duzentos anos antes de Cristo.

Neste livro são utilizados muitos símbolos que indicam a origem, pronúncia ou abreviação dos termos musicais. Muitas vezes vocês verão no texto uma palavra diante da qual há uma flecha ➤ ; isso significa que existe um verbete próprio para essa palavra no léxico. Se não acharem um verbete sobre um termo, vejam na lista ao final deste livro. As páginas lá indicadas os levarão até a palavra-chave buscada.

Agora, procurem o que lhes interessa ou simplesmente viajem pelo fascinante mundo da música.

Bom divertimento!
Monika e Hans-Günter Heumann

Explicação dos símbolos deste livro

| norte-americano | árabe | inglês | francês |

= informações sobre a origem de uma palavra estrangeira

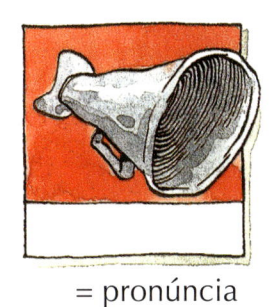

| grego | italiano | latim | mexicano |

| polonês | português | russo | espanhol |

| húngaro | = pronúncia | = abreviação | = símbolo |

= veja em ...

A

A cappella

italiano cappella = capela

"O coro da escola vai cantar, no próximo ▸ concerto, músicas tradicionais alemãs (▸ canção) para um ▸ coro a *cappella*", diz Frederico a Clara. "Sabe o que isso quer dizer?" "Sei", responde Clara, "o coro canta sem o acompanhamento de instrumentos."

A tempo

italiano = a tempo

A tempo é uma indicação de que se deve voltar ao ▸ tempo anterior. Essa indicação pode estar, por exemplo, após a indicação ▸ retardando, o que significa: depois que se tocou mais lentamente, retoma-se a velocidade básica.

Accolade

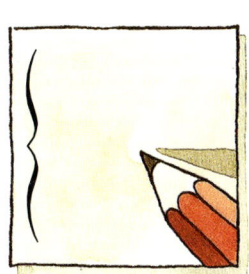

francês accolade = colchete

Accolade significa *colchete*. Na ▸ notação musical, coloca-se uma accolade na margem esquerda das linhas de notas para reunir vários sistemas de notação, por exemplo: Dois sistemas na música para piano (▸ piano); Quatro sistemas no quarteto de cordas (▸ quarteto).

Exemplos: Piano — Quarteto de cordas

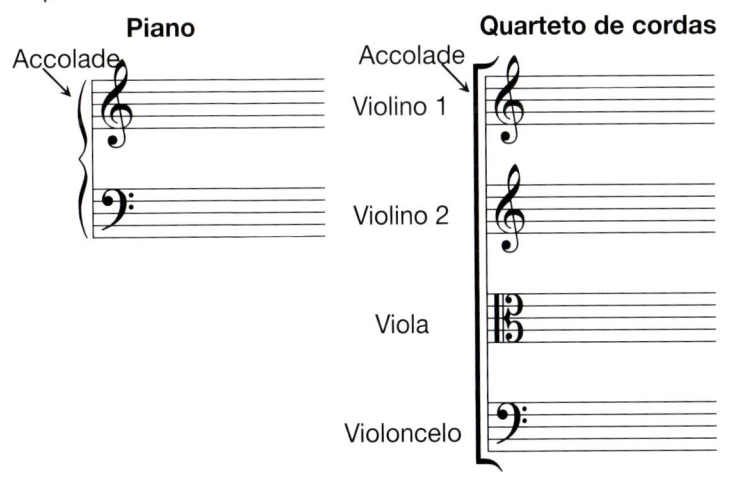

Na ▸ partitura, uma accolade abrange geralmente um grupo inteiro de instrumentos, como, por exemplo, os instrumentos de corda ou os de sopro de madeira (▸ famílias de instrumentos).

A

Acorde *Acorde* é o soar simultâneo de três sons (▶ tríade) ou mais de diferentes alturas.

Exemplos:

latim *accordare* = concordar

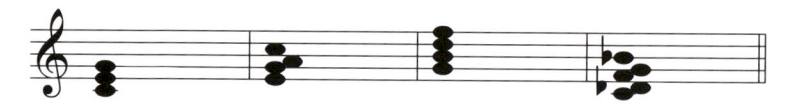

Acordeão Clara descobre um acordeão na vitrine de uma loja de instrumentos musicais. De um lado, ele tem teclas como um ▶ piano, do outro há botões e, no meio, um fole pregueado (▶ famílias de instrumentos). Clara já viu um acordeonista. A melodia é tocada com a mão direita no teclado; o acompanhamento surge ao apertar os botões com a mão esquerda. Aqui soam tons baixos isolados (▶ baixo) ou ▶ acordes inteiros (daí o nome *acordeão*).

Mas, se você não abrir ou fechar o fole pregueado, não ouvirá som algum. Ao abrir e fechar, o ar entra no interior do instrumento e movimenta as linguetas de metal, produzindo o som, do mesmo modo que na ▶ gaita.

Da família dos acordeões fazem parte também a sanfona, a concertina e o bandoneon.

Concertina

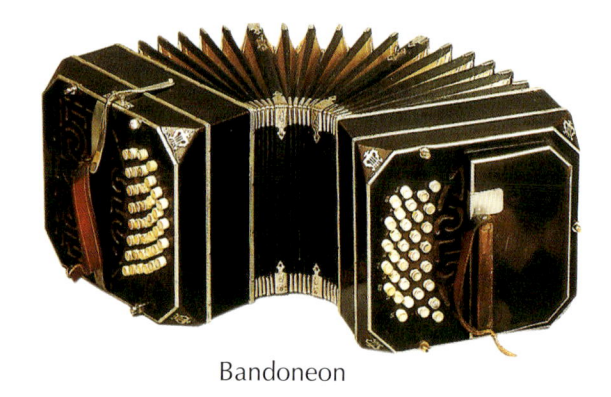

Bandoneon

Acordeão

A

Acústica "Meus pais estiveram ontem na inauguração de uma nova sala de concertos (▶ concerto) e adoraram a acústica fantástica da sala", conta Frederico à amiga. "Sabe o que essa palavra significa?" "Sei", responde Clara, "acabamos de ver isso na escola. *Acústica* vem do grego *akustikos* e significa *audível*. É a teoria do som. Por exemplo, quando você coloca as mãos em posição côncava e canta dentro delas, o som é bem diferente de quando não há essa 'campânula'." "E quando canto no banheiro soa mais alto do que na sala, porque o carpete e as cortinas 'abafam' o som", diz Frederico.

grego *akustikos* = audível

Adágio Adágio é uma ▶ indicação de dinâmica e significa *lento*, à vontade (▶ metrônomo). Um adágio é uma peça musical em ▶ tempo lento.

italiano = lento

A

francês *air* = melodia, ar

Air Nos séculos XVI e XVII, denominava-se *air* uma canção solo (▸ canção, ▸ solo) com acompanhamento de ▸ alaúde. Posteriormente, peças musicais instrumentais com melodia coral também foram assim denominadas. Muito famosa é a air da 3ª Suíte para orquestra (▸ orquestra, ▸ suíte) de J. S. ▸ Bach:

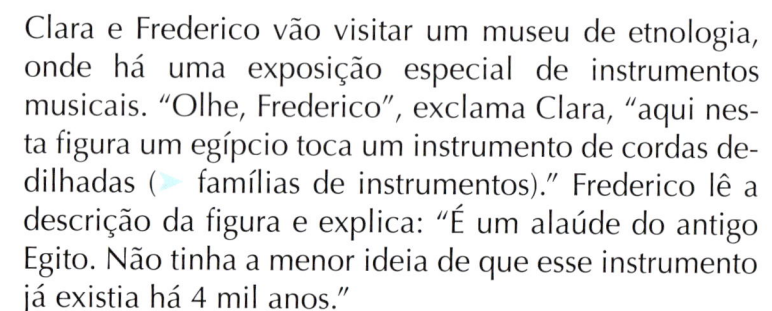

árabe *al´ud* = madeira

Alaúde Clara e Frederico vão visitar um museu de etnologia, onde há uma exposição especial de instrumentos musicais. "Olhe, Frederico", exclama Clara, "aqui nesta figura um egípcio toca um instrumento de cordas dedilhadas (▸ famílias de instrumentos)." Frederico lê a descrição da figura e explica: "É um alaúde do antigo Egito. Não tinha a menor ideia de que esse instrumento já existia há 4 mil anos."

"Neste painel grande, há alaúdes de diversos países", observa Clara. "Na África existem muitos tipos diferentes. Este alaúde chinês se chama *pipa*, e na Romênia existe o chamado *kobza*." Frederico estuda o painel. "A cítara indiana, o *busuki* grego e a ▸ balalaica russa também fazem parte da família dos alaúdes." Clara fica admirada com a variedade dessa família de instrumentos e conta: "Minha tia tem na casa dela um alaúde renascentista (▸ Renascimento), com um ressonador abaulado. O braço com as cravelhas (peça que regula a tensão das cordas) é virado para trás. No século XVII, o alaúde foi apelidado de *rei dos instrumentos musicais* devido à beleza de seu som. Ele era muito utilizado para acompanhamento de canções (▸ canção, ▸ air)."

Cítara indiana

Alaúde renascentista (alaúde "torcido")

Allegretto *Allegretto* é a forma diminutiva de ▶ allegro; é uma ▶ indicação de andamento e significa moderadamente animado, moderadamente rápido (▶ metrônomo). Um *allegretto* é uma peça musical em ▶ tempo moderado.

Allegro *Allegro* é uma ▶ indicação de andamento e significa rápido (▶ metrônomo). Frequentemente, o allegro pode ser definido como:
- *allegro molto* = muito rápido;
- *allegro moderado* = moderadamente rápido;
- *allegro ma non troppo* = rápido, mas não muito.

Um allegro é uma peça musical em ▶ tempo rápido.

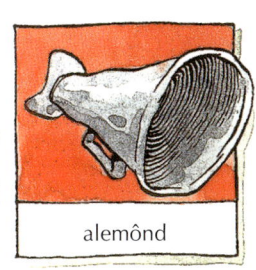

italiano = engraçado, leve

Allemande A *allemande* era uma das mais elegantes danças da corte no século XVIII. Veio da Alemanha para a corte francesa em Paris. A allemande utiliza passos moderadamente rápidos para casais em ▶ compasso ⁴/₄. Era seguida geralmente por uma dança em salto, em compasso ³/₄. No ▶ Barroco, a allemande foi reunida com outras danças na ▶ suíte.

francês = dança alemã

alemônd

A

Alphorn Frederico, radiante, mostra a seu professor de piano um cartão postal de Clara, que está de férias na Suíça com os pais. O cartão mostra homens com instrumentos de sopro de muitos metros de comprimento (➤ famílias de instrumentos) nas montanhas. "São os instrumentos de sopro mais longos do mundo. Podem ter até quatro metros", explica o professor. "São chamados de *alphorn* porque vêm dos Alpes, principalmente da Suíça."

"É preciso muita madeira para fabricar um alphorn, não é?", Frederico quer saber. "Sim", responde o professor. "Consiste nas metades de um tronco de árvore escavado. Depois que as metades adquirem uma forma de curva adequada, elas são reunidas novamente. Antigamente, o alphorn servia como instrumento de sinalização, para comunicação nas montanhas. Hoje é utilizado apenas na música folclórica. Como o alphorn não possui orifícios, o músico tem de produzir os diferentes tons com os lábios."

Anacruse O *anacruse* é um ➤ compasso incompleto no começo de uma peça musical. Ele se completa geralmente com o compasso final abreviado, formando um compasso inteiro.

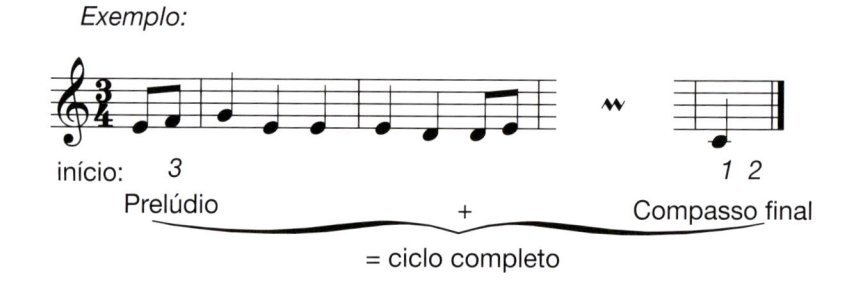

Exemplo:

início: 3   1 2
Prelúdio   +   Compasso final
= ciclo completo

Andante   *Andante* é uma ➤ indicação de andamento e significa calmo, moderadamente lento (➤ metrônomo). A explicação do andante pode ser detalhada em:
- *andante cantabile* = andante em estilo cantado;
- *andante con moto* = andante com movimento.

O *andante* é uma peça musical num ➤ tempo calmo.

italiano = caminhando

Andantino   *Andantino* é o diminutivo de ➤ andante; é uma ➤ indicação de andamento e significa um pouco mais fluente e leve do que o andante. O *andantino* é uma peça musical em movimento leve, flutuante.

italiano

A

Ária

italiano *aria* = ar, melodia

A ária é um canto solo acompanhado de instrumentos (➤ solo) na ➤ ópera, no ➤ oratório ou na ➤ cantata. No século XVIII, a ária era apreciada também como peça de concerto independente (➤ concerto) e denominada ária de concerto. Geralmente expressam-se os sentimentos na ária, por exemplo, paixão, solidão, tristeza ou triunfo. Na ópera de Mozart *A flauta mágica,* a Rainha da Noite canta sua cólera e vingança em uma famosa ária. Muitas vezes, a ária é precedida de um ➤ recitativo que conta o enredo.

A vingança do inferno ferve no meu coração...

A

Louis **Armstrong**

1901-71
Músico norte-americano de jazz

Louis Armstrong foi um famoso trompetista e cantor de ▶ jazz. Ele aprendeu a tocar trompete num educandário. Aos dezessete anos era membro de muitos grupos de jazz de sua cidade natal, Nova Orleans, o *berço do jazz*. No começo de sua carreira tocou *corneto*, um instrumento semelhante ao trompete. Em 1925, passou para o ▶ trompete. Tornou-se o *rei do jazz* com o apelido *Satchmo*. Ficaram famosas suas interpretações das seguintes músicas: *What a Wonderful World, Hello Dolly, C'est si bon, High Society, When the Saints Go Marching In, Down by the Riverside.*

Arpejo

Arpejo (do italiano *arpeggio*) é uma indicação para instrumentos de tecla, corda (▶ famílias de instrumentos) e corda dedilhada, na qual os tons de um ▶ acorde não são tocados simultaneamente, mas soam uns após outros — "quebrados" —, como na ▶ harpa (geralmente de baixo para cima).

italiano *arpa* = harpa

A

francês
= *arrangement*

Arranjo "Frederico, hoje você não está concentrado! Será que está com a cabeça em alguma menina?", diz o professor, dando-lhe um tapinha brincalhão. Frederico fica vermelho. "Não, mas em uma melodia maravilhosa. É o começo do concerto para clarinete de ➤ Mozart (➤ clarinete, ➤ concerto). Que pena que não foi composto para ➤ piano." O professor vai até seu armário de partituras, tira um livro, senta-se ao piano e toca. "É esse", alegra-se Frederico. "Sim", diz o professor. "É um arranjo para piano do concerto para clarinete. Pode-se reescrever qualquer peça musical para outros instrumentos e também torná-la mais fácil ou mais difícil. Quem faz isso com uma ➤ composição é chamado de arranjador."

Articulação *Articulação* é a forma pela qual um músico une ou separa os sons ao tocar. Desde o século XVIII, a articulação musical é indicada no texto das notas com símbolos, como, por exemplo, arcos, traços e pontos (sob as notas ou sobre elas), ou com palavras, como ➤ legato, ➤ staccato, ➤ portato e ➤ tenuto (➤ notação musical).

Exemplos:

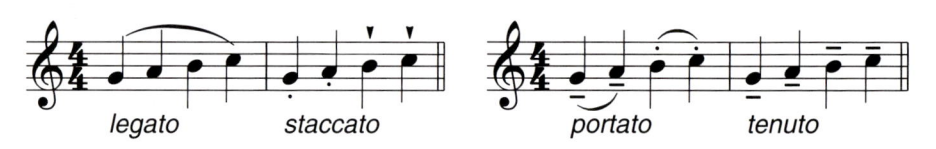

legato   staccato   portato   tenuto

Audição absoluta Clara está na aula de piano de seu amigo Frederico. O professor toca uma nota no ➤ piano, que Frederico deve identificar. Mas ele não consegue fazer isso só ouvindo. Seu professor o consola e explica que há poucos músicos que conseguem determinar a altura do som com exatidão sem um auxílio externo. Quem consegue isso tem *audição absoluta*.

É mais fácil para Frederico quando o professor toca uma nota e a identifica; então, Frederico tenta reconhecer os sons seguintes (➤ intervalos). Porém, ele precisa de um pouco mais de exercícios para obter uma *audição relativa*.

B

Johann Sebastian **Bach**

1685-1750
Compositor alemão

O que Bach compôs

- Obras vocais (mais de duzentas cantatas, entre outras)
- Obras orquestrais
- Concertos instrumentais
- Obras para teclado (clavicórdio, cravo)
- Obras para órgão
- Música de câmara

Algumas de suas obras mais famosas

- Oratório de Natal
- Paixão segundo São Mateus
- Paixão segundo São João
- Missa em si menor
- 6 concertos de Brandenburgo
- 4 suítes para orquestra
- Ária da suíte para orquestra nº 3
- Pequeno livro de Anna Magdalena Bach (segunda mulher de Bach)
- Caderno de teclado para Wilhelm Friedemann Bach
- Invenções para duas e três vozes (teclado)
- O cravo bem temperado
- Variações de Goldberg (teclado)
- Tocata e fuga em ré menor (órgão)
- Seis suítes para violoncelo solo
- A arte da fuga
- A oferenda musical

Frederico recebe como tarefa de casa de seu professor de piano uma peça musical do *Pequeno livro de Anna Magdalena Bach*, de Johann Sebastian Bach. O professor conta-lhe que Bach nasceu em 1685, na época do ➤ Barroco, e começou a compor música muito cedo. Isso não era surpreendente, pois seu pai e seu avô foram músicos conhecidos — da mesma forma que muitos outros parentes de sua grande família. Como antigamente era comum que o pai ensinasse ao filho seu ofício, Johann Sebastian teve suas primeiras aulas de música com o pai, que morreu quando o menino tinha apenas dez anos. Como a mãe também havia morrido, foi seu irmão mais velho de catorze anos quem lhe deu aulas de teclado e ➤ órgão.

"Mas o ➤ piano foi inventado na Itália só em 1709", diz Frederico. "Você prestou bastante atenção", elogia o professor. "Naquela época, as pessoas tocavam o ➤ clavicórdio e ➤ cravo, os precursores do teclado. No entanto, no período barroco, cada instrumento possuía um teclado, como um piano."

Dos vinte filhos de Bach, muitos se tornaram músicos famosos, como Carl Philipp Emanuel, Wilhelm Friedemann e Johann Christian.

B

"Bach teve de ir para a escola quando era criança?"
"Sim, ele teve a sorte de poder frequentar a escola do mosteiro de São Miguel em Lüneburg, onde se tornou menino cantor (▶ coro). Logo assumiu o serviço de órgão em diversas igrejas. Mais tarde, tornou-se organista da corte, músico de câmara (▶ música de câmara) e mestre de concertos da corte (▶ mestre de concertos) em Weimar; em seguida, tornou-se mestre de capela da corte em Köthen. De 1723 até sua morte, em 1750 — portanto, quase trinta anos —, foi *kantor* (regente de coro da igreja, chantre, professor de canto) na famosa igreja Thomaskirche em Leipzig. Uma de suas tarefas era transformar os alunos da escola Thomasschule em meninos cantores e, com eles, preparar a música eclesiástica. O coro *Thomanerchor* ainda é muito famoso hoje.

Johann Sebastian Bach foi um excelente ▶ virtuose do órgão e cravo e foi considerado o mestre da improvisação. Era muito esforçado e deixou um grande legado de composições que abrange mais de mil obras."

Igreja Thomaskirche e J. S. Bach, em Leipzig.

B

Baixo

Baixo é a designação da voz masculina grave ou do instrumento mais grave de uma ▶ família de instrumentos, como, por exemplo, o clarinete baixo (▶ clarinete), a flauta doce baixo (▶ flauta doce), a tuba baixo (▶ tuba) etc. O instrumento de cordas mais grave é o ▶ contrabaixo (abreviação: baixo). A voz mais grave de uma ▶ composição também é chamada de baixo.

latim *bassus* = baixo

Baixo contínuo

Na música dos séculos XVII e XVIII, o baixo contínuo era a designação de baixo instrumental que percorre toda a ▶ composição. Apenas o ▶ baixo e a voz melódica eram marcados. O cravista (▶ cravo) ou organista (▶ órgão) criava então os ▶ acordes adequados, a partir de determinadas regras. O que os auxiliava eram as cifras abaixo das notas do baixo. O baixo contínuo é, portanto, um tipo de cifração ou abreviação. Os números indicam os ▶ intervalos a ser feitos a partir do tom baixo. Exemplo: $^6_4$ significa: um acorde de tom baixo mais uma quarta acima mais uma sexta acima. Tons baixos sem cifras referem-se, via de regra, a uma ▶ tríade comum composta de tom baixo, terça e quinta. O baixo contínuo é tão típico do ▶ Barroco que se fala de época do baixo contínuo.

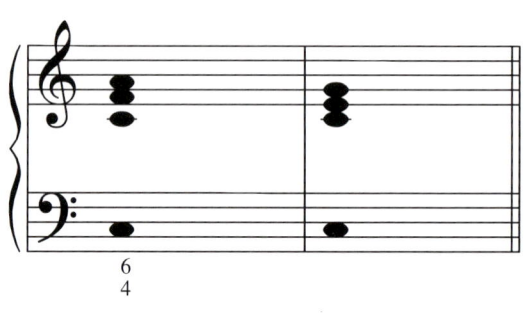

italiano *basso continuo* = baixo contínuo

Baixo contínuo com cifração

Baixo contínuo sem cifração

B

Balada

francês, provençal antigo
balar = dançar

Baladas famosas foram escritas por

- Carl Loewe (1796-1869)
- Franz Schubert (1797-1828)
- Frédéric Chopin (1810-49)
- Robert Schumann (1810-56)
- Johannes Brahms (1833-97)
- Elton John (1947-)

Na ➤ Idade Média, a *balada* era uma ➤ canção destinada à dança e consistia em uma voz de destaque. Os *troubadoure* franceses (*troubadour* = trovador) divulgaram nas cortes, nos séculos XII e XIII, baladas populares para uma voz, além de artísticas cantigas de amor; no século XIV, a balada tornou-se polifônica. Tratava-se de uma narrativa cantada, acompanhada por dois ou três instrumentos. Essas cantigas que narravam eram apreciadas em muitos países. Nos séculos XVIII e XIX, inúmeros ➤ compositores alemães musicaram baladas para canto com acompanhamento de piano (➤ piano), por exemplo, ➤ Schubert, ➤ Schumann e ➤ Brahms. ➤ Chopin e Brahms escreveram baladas para piano no século XIX.

No ➤ jazz e na ➤ música pop, a balada (inglês: *ballad*) é uma peça musical que varia do ritmo lento até o moderadamente rápido, com harmonia e melodia expressiva. São conhecidas a *Ballade pour Adeline* (Richard Clayderman) e *Candle in the Wind*, de Elton John.

Balalaica

russo

Frederico recebe a visita de Igor, um estudante intercambista da Rússia, que lhe trouxe um CD com música tradicional russa. Na capa se vê uma ➤ orquestra com seis balalaicas de diferentes tamanhos. Igor, todo orgulhoso, explica a Frederico que ele ganhou uma balalaica de presente e está aprendendo a tocar.

A *balalaica* é um instrumento russo conhecido desde o século XVII, possui cordas dedilhadas (➤ famílias de instrumentos) e uma caixa de ressonância triangular com geralmente três cordas. As cordas são pinçadas com os dedos ou uma palheta (plaquinha de metal ou plástico).

B

italiano *balleto*
ballare = dançar

Balé Clara leva Frederico para sua aula de balé. "O Frederico pode assistir à aula hoje?", pergunta Clara à sua professora. "Claro, quem sabe ele sinta vontade de participar", responde. Clara se junta às outras meninas na barra e inicia os exercícios de aquecimento. A professora bate palmas e mostra o primeiro exercício: pliê. Frederico vê que Clara executa muitos exercícios diferentes para deixar seu corpo flexível e forte. "Mas é um exercício bem diferente do esporte", pensa ele. As pernas são treinadas para serem dominadas perfeitamente e até giradas para fora.

Pouco antes do final da aula, a professora chama todas as crianças e lhes conta um pouco da história do balé.

"O *balé* desenvolveu-se no século XV, na França e na Itália, a partir das danças da corte. Os nobres adoravam jogos de máscaras, dança e teatro para seu entretenimento; assim, em 1581, aconteceu a primeira noite de balé no palácio real do Louvre (pronuncia-se Lúvre), em Paris. O *Ballet comique de la Reine* (pronuncia-se réne) tratava do mundo das lendas gregas;

B

Balés famosos
- Giselle (A. Adam)
- Coppélia (L. Delibes)
- Cinderela (P. I. Tchaikovsky)
- O quebra-nozes (P. I. Tchaikovsky)
- O lago dos cisnes (P. I. Tchaikovsky)
- O pássaro de fogo (I. Stravinsky)
- Petruschka (I. Stravinsky)
- A sagração da primavera (I. Stravinsky)
- Romeu e Julieta (S. Prokofiev)

Bailarinos famosos
- Ana Pavlova (1881-1931)
- Vaclav Nijinsky (1889-1950)
- Margot Fonteyn (1919-91)
- Rudolf Nurejew (1938-93)
- Márcia Haydée (1939-)
- Michail Baryshnikov (1948-)

a apresentação durava quase seis horas e custou 3,5 milhões de francos de ouro.

Havia dança, canto e recitação, mas o balé foi se transformando. Os dançarinos foram sendo treinados e, aos poucos, começou a surgir uma arte de palco para espectadores que pagavam ingresso. Desde o século XVIII existe o balé com um enredo que conta uma história sem palavras, apenas com *pantomima* (leia o quadro a seguir) e dança. No século XIX, a *primeira bailarina* — a dançarina solo — era o centro do drama, com um enredo instigante e, geralmente, um final triste (por exemplo, *O lago dos cisnes*, de ➤ Tchaikovsky). Já no século XX, desenvolveu-se um novo estilo de balé que tentou se desvincular totalmente da dança clássica acadêmica: a dança moderna livre. Bem, isso foi um pouquinho da fascinante história do balé."

Frederico fica impressionado e pergunta: "Posso vir da próxima vez e participar da aula?". "Claro que sim!", diz a professora de balé, que se despede das crianças.

Pantomima

A *pantomima* é uma apresentação sem palavras, isto é, conta-se alguma coisa apenas com mímica e gestos. Um exemplo simples é a *linguagem corporal* que todas as pessoas conhecem e usam; assentir com a cabeça, por exemplo, é o mesmo que dizer "sim".

B

Bandolim O bandolim é o menor dos instrumentos de cordas dedilhadas (➤ famílias de instrumentos) e é conhecido desde o século XVII na Itália; ele possui um ressonador abaulado, semelhante ao do ➤ alaúde. As quatro cordas duplas são tocadas com uma palheta (pequena peça de osso, metal ou plástico). Com o movimento rápido da palheta para lá e para cá, surge um som *tremolo* característico (italiano *tremolare* = tremer). O bandolim é muito apreciado na música folclórica italiana. Na Europa, na América e no Japão existem diversas orquestras (➤ orquestra) de bandolins.

italiano

Banjo O *banjo* é um instrumento de cordas (➤ famílias de instrumentos) que chegou à América do Norte com os escravos africanos. Possui um braço longo com tampo harmônico e quatro ou seis cordas de metal finas esticadas sobre o braço, que apresenta trastes para uma localização mais fácil dos sons. Um ➤ tamborim forrado de pele serve de caixa de ressonância. O banjo é um instrumento importante no ➤ jazz e na country music (música tradicional norte-americana).

norte-americano

B

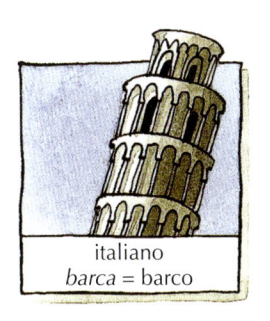

Barcarola

italiano
barca = barco

A *barcarola* era a ➤ canção dos condutores de gôndolas (os *gondolieri*) em Veneza. Era cantada durante o trabalho e imitava o movimento regular do balanço de seus barcos sobre a água (em ➤ compasso lento 6/8). No século XVIII, os ➤ compositores descobriram essa forma de canção para a ➤ ópera e, posteriormente, para a música de ➤ piano. A barcarola mais famosa faz parte da ópera de J. Offenbach, *Contos de Hoffmann*.

B

grego *barytonos* =
que soa profundo

Barítono O *barítono* é a voz masculina entre o ➤ tenor e o ➤ baixo. É também a denominação de instrumentos de sopro medianamente graves, como o saxofone barítono (➤ saxofone). Existe até mesmo um instrumento de sopro de metal que se chama *barítono* (➤ famílias de instrumentos).

português *barroco* =
irregular, torto

Barroco Clara mostra a Frederico um estojinho que ganhou de sua avó em seu aniversário. Dentro há um colar com pequenas pérolas irregulares. "São pérolas barrocas, minha avó me contou. Têm esse nome desde o século XVI. A palavra *barroco* vem do português e significa: pedrinha irregular, torta", conta Clara. "Na arte e na música, uma época (período de tempo) inteira recebeu esse nome; durou de 1600 a 1750, mais ou menos."

"As pessoas daquela época, principalmente na corte,

Compositores famosos do Barroco

- Claudio Monteverdi (1567-1643)
- Heinrich Schütz (1585-1672)
- Jean-Baptiste Lully (1632-87)
- Henry Purcell (1659-95)
- Antonio Vivaldi (por volta de 1678-1741)
- Georg Philipp Telemann (1681-1767)
- Johann Sebastian Bach (1685-1750)
- Georg Friedrich Händel (1685-1759)

Música barroca

- Ópera
- Oratório
- Cantata
- Concerto grosso
- Suíte
- Fuga

B

gostavam de floreados e enfeites nos palácios, nas casas e igrejas", completa Frederico. "Elas vestiam roupas caras e perucas brancas."

Nesse momento a avó entra no quarto. "Vocês estão falando sobre o Barroco? Vou contar para vocês um pouco sobre a música festiva e magnífica dessa época", diz ela, sentando-se ao lado das crianças. "Diversas formas musicais eram apreciadas na época, como o ▶ *concerto* e o ▶ *concerto grosso*, assim como a ▶ *suíte* e a ▶ *fuga*. Muito apreciado também era o ▶ baixo contínuo. ▶ Compositores famosos como ▶ Bach e ▶ Händel criaram obras excepcionais." "E Vivaldi!", diz Frederico. A avó concorda. "Muitos compositores começaram a escrever ▶ óperas; aliás, a primeira ópera importante foi composta por Claudio Monteverdi na Itália, em 1607. Vamos ouvir música barroca? Tenho um CD maravilhoso..."

B

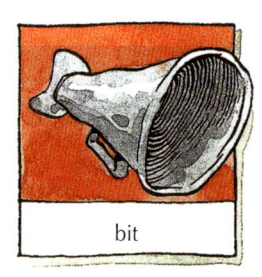

Beat O *beat* é a denominação do som básico no ➤ jazz e na ➤ música pop. Esses estilos musicais baseiam-se em um beat contínuo e rítmico da ➤ percussão e dos instrumentos rítmicos.

Chama-se de beat, também, um estilo musical da década de 1960 que surgiu em Liverpool (Inglaterra).

inglês = batida

bit

Bandas famosas de beat

- The Beach Boys (criada em 1961)
- The Beatles (criada em 1962)
- The Hollies (criada em 1963)
- The Kinks (criada em 1964)
- The Tremeloes (criada em 1966)

Beatles Os Beatles foram uma das mais famosas e bem-sucedidas bandas inglesas de ➤ beat. Os quatro músicos de Liverpool (Inglaterra) — Paul McCartney, John Lennon, George Harrison e Ringo Starr — foram os primeiros a aparecer, na década de 1960, com cabelos compridos (cobrindo as orelhas), o que — assim como seu estilo musical novo — foi recebido com desaprovação pela geração mais velha. Suas apresentações eram assistidas geralmente por fãs em delírio. Em 1970, os Beatles se separaram e seguiram carreira solo; outros se integraram a novas bandas (= grupos).

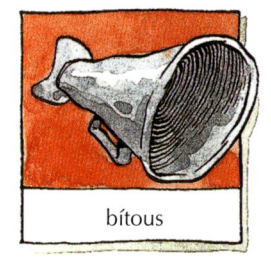

bítous

Músicas famosas

- *Yesterday*
- *Hey Jude*
- *Let It Be*
- *She Loves You*
- *All You Need Is Love*
- *I Wanna Hold Your Hand*

B

Beatles

B

Ludwig van **Beethoven**

1770-1827
Compositor alemão

O que Beethoven compôs

- 1 ópera
- 1 balé
- 9 sinfonias
- 5 concertos para piano
- 1 concerto para violino
- 32 sonatas para piano, peças para piano
- Música de câmara (entre outros 16 quartetos de corda)
- 2 missas
- Obras corais e orquestrais
- Canções

Algumas de suas obras mais famosas

- Fidélio (ópera)
- Sinfonia nº 3 (Heroica), nº 5, nº 6 (Pastoral) e nº 9
- Concerto para piano nº 5
- Sonata ao luar (piano)
- Patética (piano)
- *Pour Elise* (piano)
- Sonata *Kreutzer* (violino e piano)

Frederico vê sua amiga Clara preocupada andando para lá e para cá na calçada. "Ei, Clara, o que aconteceu? Por que está tão nervosa?", pergunta Frederico. "Tenho de comprar sem falta um caderno novo e perdi minha moeda!" Clara está morrendo de raiva. Frederico a observa por um instante e diz, rindo: "Pena que agora não possa tocar para você a música apropriada. Existe uma peça para piano que se chama *A cólera pela moeda perdida*[1], de Ludwig van Beethoven. Clara para e ri também.

"Beethoven também compôs *Freude, schöner Götterfunken* — o hino da Europa, não é?" "Sim", diz Frederico, "mas ele realmente não poderia prever que a música se tornaria a canção da Europa. É o coro final (▶ coro) de sua Nona ▶ sinfonia.

---
1 O título original é "*Alla Ingharese quasi un Capriccio*". (N. T.)

B

"Conheço mais uma coisa de Beethoven", diz Clara, cantando:

tan, tan, tan, tannn...

Frederico sorri. "Qualquer um conhece, seguramente, esses quatro sons da *Quinta sinfonia* — assim como a peça para piano *Pour Elise*." "Na escola, aprendi que Beethoven teve aulas de piano muito cedo e, aos treze anos, como organista (> órgão), tornou-se membro da orquestra da corte do príncipe de sua cidade natal, Bonn", conta Clara. "Em 1792, mudou-se para Viena, onde viveu até sua morte. Ele manteve um forte laço de amizade com um grupo de nobres que o apoiavam financeiramente — sob a condição de que ficasse morando em Viena. Ao lado de > Mozart e > Haydn, Beethoven é um dos grandes > compositores do > Classicismo."

"A propósito, ainda jovem ele se tornou deficiente auditivo e, na velhice, ficou completamente surdo. Não pôde mais dar concertos de piano (> piano, > concerto), e a comunicação com ele só era possível por escrito. Apesar disso, ele ainda compôs muitas obras famosas", completa Frederico, interrogando surpreso: "Ei, o que é que está brilhando ali na sarjeta? Será que é sua moeda perdida?" "Legal, Frederico, obrigada!"

Beethoven com um auscultador, desenvolvido por seu amigo Mälzel, inventor do > metrônomo.

B

Bequadro O *bequadro* anula um ▸ sinal de alteração/acidente e reproduz o significado original do som. Vale apenas para o compasso no qual está anotado.

Exemplo:

si bemol   si   si bemol

Big band "Parece que você ainda não acordou direito", constata Frederico olhando para seu pai. "É verdade, ontem à noite fui dormir muito tarde. Fui a um show de jazz (▸ jazz, ▸ concerto) com uma big band." "Quais instrumentos toca uma big band?", pergunta Frederico. "Uma big band tem — como o nome já diz — uma formação grande. O termo vem do inglês e significa 'banda grande'. Tocam quatro ▸ trompetes e ▸ trombones, cinco ▸ saxofones, além de ▸ piano, ▸ guitarra, ▸ baixo e ▸ percussão. Imagine só que som excelente eles produzem! Pena que você não estava junto!"

inglês = banda grande

B

Blues

norte-americano

bluz

Músicos famosos de blues
- William Christopher Handy (1873-1958)
- Jelly Roll Morton (1890-1941)
- Bessie Smith (1894-1937)
- Muddy Waters (1915-83)
- John Lee Hooker (1917-2001)
- B. B. King (1925-2015)

"Que legal que você veio me visitar hoje, Clara!", diz Frederico, levando Clara para seu quarto. "Meu tio me deu um CD novo de presente. A gente pode ouvi-lo já." Clara pega o CD e lê: "Blues, um estilo de música que surgiu em 1850 no sul dos Estados Unidos".

"Meu tio me contou que os escravos naquela época cantavam durante o trabalho na lavoura, para se comunicar entre si", diz Frederico. "As perguntas e respostas se alternavam e soava mais como se estivessem falando ou exclamando do que cantando. Assim se desenvolveu o blues, que refletia claramente a situação em que viviam os negros e geralmente soava melancólico. Ao contrário do ▸ negro spirituals, que é religioso, no blues cantam-se textos profanos. Mais tarde o blues foi acompanhado por instrumentos como o ▸ banjo, o ▸ violão ou a ▸ gaita, ou executado apenas com instrumentos."

"Aqui diz que o esquema do blues consiste em oito, doze ou dezesseis ▸ compassos e que ele é o precursor do ▸ boogie-woogie, do ▸ jazz, do ▸ rock'n'roll e do ▸ rock", completa Clara. Frederico coloca o CD para tocar e diz, entusiasmado: "Você vai ver como é fantástico o som dessa música".

Esquema harmônico do blues, doze compassos

Dó — Fá — Dó — Sol (F) Dó

B

Bolero O *bolero* é uma dança espanhola em compasso ¾ moderado, executada individualmente ou a dois. Os dançarinos cantam e tocam ➤ castanholas. O bolero mais conhecido foi composto pelo ➤ compositor francês M. Ravel, em 1928, para uma ➤ orquestra.

Exemplos:

Ritmo de bolero:

Bolero, de M. Ravel:

© Editions Durand, Paris

Boogie-woogie

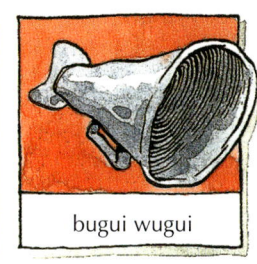

norte-americano

bugui wugui

O *boogie-woogie* é um estilo musical para ➤ piano do ➤ blues, que surgiu entre os negros em Chicago, por volta de 1920. Uma das principais características do boogie-woogie é a figura fixa, sempre igual do baixo (➤ baixo, ➤ ostinato); trata-se de uma melodia ritmicamente interessante com ➤ síncopes e ➤ improvisação.

Pianistas famosos de boogie-woogie

- Jimmy Yancey (1898-1951)
- "Pine Top" Clarence Smith (1904-29)
- Pete Johnson (1904-67)
- Meade "Lux" Lewis (1905-64)

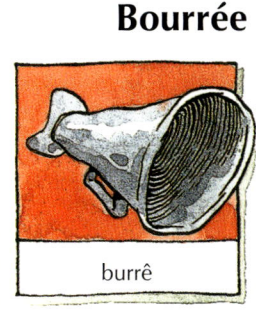

Bourrée

francês

burrê

Originalmente, a *bourrée* era uma dança popular francesa. Tornou-se dança da corte por volta de 1565 e permaneceu popular até meados do século XVIII. A bourrée é um movimento frequente na ➤ suíte. Exemplos conhecidos da bourrée encontram-se, entre outros, em ➤ J. S. Bach e ➤ Händel (na famosa *Música aquática*, por exemplo).

37

B

Johannes **Brahms**

1833-97
Compositor alemão

O que Brahms compôs

- 4 sinfonias
- 2 concertos para piano
- 1 concerto para violino
- Obras de corais
- Música de câmara, peças para piano
- Canções

Algumas de suas obras mais famosas

- Concerto para piano nº 1
- Um réquiem alemão
- Dança húngara (piano/orquestra)
- Canção de ninar

Alegre, Clara exclama: "Frederico, meu irmãozinho nasceu! Agora quero comprar para ele um brinquedo que toque uma canção de ninar (➤ canção). Vem comigo?" "Claro!", diz Frederico, "talvez a gente encontre um com a *Canção de Ninar* de Brahms." "Boa ideia", diz Clara, e ambos começam a cantar:

Boa noite, boa noite, preocupado com as rosas

"Na escola, acabamos de falar de Johannes Brahms", conta Clara. "Ele nasceu em 1833, em Hamburgo, e teve suas primeiras aulas de música com seu pai, que era contrabaixista (➤ contrabaixo) na ➤ orquestra municipal e músico da cidade. Logo, Brahms começou a tocar em bares do porto como pianista, para ajudar a família financeiramente. Mais tarde, acompanhou um famoso violinista húngaro ao ➤ piano. Brahms foi amigo íntimo de Robert ➤ Schumann e sua esposa Clara, assim como de ➤ Liszt."

"Brahms foi um famoso ➤ compositor do ➤ Romantismo", completa Frederico. "Suas *Danças húngaras* para piano a quatro mãos são as minhas preferidas." "São maravilhosas!", concorda Clara. "Mas ele compôs muito mais, por exemplo, quatro ➤ sinfonias, dois concertos para piano, um concerto para violino (➤ violino, ➤ concerto) e ➤ música de câmara."

"Chegamos à loja de brinquedos", diz Frederico. "Vamos entrar!"

C

Cadenza   Clara e Frederico foram a um ▸ concerto com os pais. "Então, gostaram do Concerto para ▸ piano número 5 de ▸ Beethoven?", pergunta a mãe de Clara. "Muito bom!", diz Frederico. "É, foi muito legal", concorda Clara, "principalmente no final do concerto, quando a ▸ orquestra parou de tocar e o solista (▸ solo) tocou sozinho. Ele tocou de forma tão virtuosa (▸ virtuose) que quase parei de respirar." "Aquilo foi a chamada *cadenza*", explica a mãe de Clara. "Um pouco antes do final de um concerto solo, o solista tem a oportunidade de mostrar todo o seu talento técnico. Até a época de Beethoven, a cadenza era improvisada pelo solista, espontaneamente (▸ improvisação); mas, às vezes, os compositores determinavam as cadências com exatidão.

latim *cadere* = cair

Exemplo: Cadenza em dó maior.

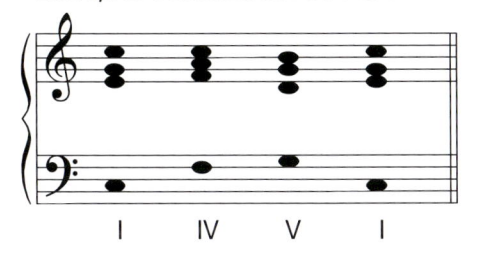

I   IV   V   I

"Conheço o termo 'cadenza' da aula de piano, porém com outro significado", diz Frederico. "Uma sequência de acordes que geralmente se encontra como frase final em peças musicais também é chamada de cadência. A cadência básica perfeita consiste de uma ▸ tríade no quarto, no quinto e novamente no primeiro nível de uma ▸ escala tonal."

39

C

Canção/lied Clara volta da escola para casa e joga sua mochila com impulso no canto da sala. "Oi, mamãe! Hoje só tenho lição de música. Temos de explicar a palavra 'canção'. Já anotei que é um poema musicado e que uma canção geralmente se compõe de *estrofes* e de um *refrão* que sempre se repete. Quantos tipos de canção existem, afinal?", quer saber Clara, sentando-se à mesa para almoçar.

A mãe enumera: "Canções infantis, canções folclóricas, ➤ baladas, canções religiosas, corais (➤ coral), ➤ canções gospel, ➤ negro spirituals e chansons. Na ➤ Idade Média, as cantigas para uma voz dos trovadores e menestrel foram muito apreciadas. Eles cantavam, por exemplo, canções para dançar, canções de heróis e muitas cantigas de amor, as quais eram acompanhadas por ➤ alaúdes ou pequenas ➤ harpas. No século XIX, no período do ➤ Romantismo, a canção erudita alemã — lied — atingiu seu apogeu com ➤ Schubert, ➤ Schumann e ➤ Brahms. Nesse tipo de canção, o cantor ou a cantora geralmente são acompanhados ao ➤ piano.

"Acabei de lembrar uma coisa!", exclama Clara. "Nem falamos de canções de sucesso e canções pop (➤ música pop). Mas agora vamos comer que estou com uma fome de leão!"

Cânone

O cânone é uma peça musical para várias vozes, polifônica (▸ polifonia), na qual todas as vozes executam a mesma melodia em defasagem. No decorrer dos séculos desenvolveram-se várias formas de cânone, como o *cânone circular*, que pode ser repetido infinitamente, já que o final sempre acaba no início, ou o *cânone em retrógrado*, em que a voz que segue a primeira é o movimento retrógrado ("caranguejo") da melodia inicial. O cânone é um precursor da ▸ fuga.

latim *canon* = regra, parâmetro

Cânones famosos
- *Bruder Jakob* (Frère Jacques)
- *Viel Glück und viel Segen* (cânone de aniversário)
- C-A-F-F-E-E (cânone do café)

Exemplo: tradição oral

1. Frei João, Frei João,
2. já dormiu? Já dormiu?
3. o sininho toca, o sininho toca,
4. Ding, ding dong, ding, ding dong!

Cantabile

Cantabile é uma ▸ indicação de expressão para uma peça musical instrumental e significa "em estilo cantado", como se se cantasse.

italiano *cantare* = cantar

C

Cantata

latim cantare = cantar

A *cantata* é uma obra vocal composta de várias partes, com acompanhamento instrumental. As letras podem ter conteúdo tanto religioso como profano. Ela é parecida com o ▶ oratório, mas é menos extensa. Compõe-se de ▶ árias, ▶ coros, às vezes de peças instrumentais, e termina geralmente com um ▶ coral a quatro vozes. J. S. ▶ Bach, um dos mais importantes mestres da cantata, escreveu mais de 200 obras do gênero.

Cantatas famosas

- *Schulmeisterkantate* [Cantata do mestre-escola] (G. Ph. Telemann)
- *Wachet auf, ruft uns die Stimme* [Acordai, a voz nos chama] (cantata religiosa de J. S. Bach)
- *Cantata do café* (cantata profana de J. S. Bach)

Capriccio

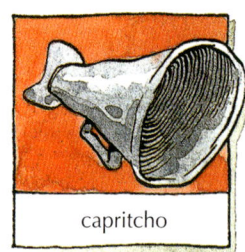

italiano = capricho

capritcho

O *capriccio* é uma peça musical que o ▶ compositor faz com liberdade, sem se fixar em uma forma. No ▶ Romantismo utilizou-se o termo capriccio para peças ▶ solo ▶ virtuose. ▶ Paganini compôs 24 capriccios para ▶ violino.

Castanholas

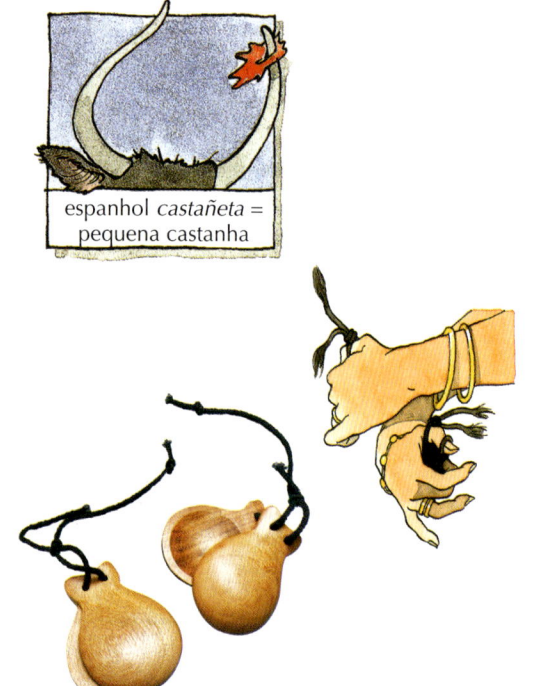

espanhol castañeta = pequena castanha

Clara está tendo aula de ▶ balé. Desta vez ela vai levar algo que quer mostrar, sem falta, à professora. "Veja o que minha tia trouxe das férias na Espanha: castanholas de verdade (▶ famílias de instrumentos)!" "Elas são mesmo muito bonitas", diz a professora de balé, tomando o par nas mãos. Cada castanhola consiste em duas pequenas peças de madeira em forma de concha, unidas por um cordão. "Quer que eu mostre como se toca?", pergunta a professora. Clara diz que sim e logo as duas estão rodeadas pelos outros alunos do balé. Primeiro a professora toca uma concha contra a outra. "Estão ouvindo? Elas têm sons diferentes." Após algumas tentativas, os mais lindos ritmos espanhóis soaram. "Geralmente toco na castanhola de cima com todos os dedos livres, um após o outro, enquanto a outra mão toca apenas com o dedo indicador." Quando a professora, além dos ritmos, ainda apresenta uma dança espanhola, as crianças aplaudem entusiasmadas. "Tocar castanholas exige muita habilidade", pensa Clara. "Vou ter de praticar muito!"

Frédéric **Chopin**

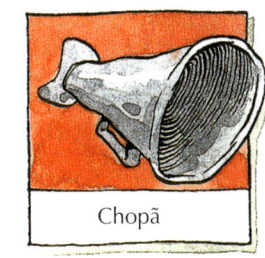

1810-49
Compositor polonês

Chopã

Clara conta a Frederico que havia escutado um ▶ pianista no rádio tocando a *Valsa do minuto* de Chopin. "E o que você me diz? Ele precisou de apenas um minuto e meio!" "Certamente ele quis provar a versatilidade dos dedos", diz Frederico com ironia.

"Em seguida, no rádio, contaram a vida de Chopin", continua Clara. "Você sabia que aos oito anos ele já tocava ▶ piano em público e era considerado uma criança prodígio?" "Não", responde Frederico, "mas sei que nasceu na Polônia e viveu em Paris. Ficou muito famoso como ▶ virtuose do piano e ▶ compositor."

"No rádio, disseram que Chopin compôs música exclusivamente para ou com piano. Em algumas de suas obras, por exemplo, nas ▶ mazurcas e ▶ polonaises, pode-se perceber a música tradicional polonesa — ou seja, a música de sua terra natal. Chopin morreu com apenas 39 anos, após uma longa enfermidade."

O que Chopin compôs

- 2 concertos para piano
- 3 sonatas para piano
- Prelúdios, valsas
- Estudos, noturnos
- Mazurcas, polonaises
- Baladas, scherzi, impromptus
- Outras peças para piano e obras para piano com orquestra
- Canções

Algumas de suas obras mais famosas

- Concerto para piano nº 1
- Prelúdio da gota d'água
- Valsa do minuto
- Estudo tristesse
- Estudo revolucionário
- Scherzo nº 2
- Fantasia-Impromptu

43

C

Cítara

latim *cithara* = cítara

A *cítara* é um instrumento de cordas dedilhadas (➤ famílias de instrumentos), cujas cordas são esticadas horizontalmente sobre uma caixa de ressonância achatada. Na ➤ Idade Média, o tipo de cítara mais importante foi o *saltério*, que se tornou o instrumento preferido de música doméstica no século XVII. Ainda hoje, a cítara é difundida em todo o mundo, nas formas mais variadas, como a *cítara de esteira*, na África, as *vinas*, na Índia, o *koto*, no Japão, o *Ch'in*, na China, o *saltério dos Apalaches*, na América, o *címbalo* húngaro (um dulcimer tocado com dois martelinhos). A *cítara de concerto* é usada principalmente na música folclórica dos países alpinos. Com um anel de metal no polegar da mão direita ou uma ➤ palheta, são percutidas as cinco cordas melódicas. As cordas de acompanhamento (livres) (24-37) são percutidas com os demais dedos.

Peça musical famosa para cítara
- Balada da cítara (A. Karas), do filme *O Terceiro Homem*

Cítara da Alemanha

Saltério medieval

Clarinete

latim *clarus* = com som claro

Famosos clarinetistas
- Joseph Beer (1744-1811)
- Benny Goodman (1909-86)
- Giora Feldman (1936-)
- Sabine Meyer (1959-)

Frederico sai correndo de seu quarto e exclama: "Ei, pai, você precisa ouvir música tão alto assim?". Frederico, que não obtém resposta, então vai até a sala e vê o pai sentado na poltrona relaxadamente, batendo as pontas dos dedos no espaldar. "Não é um swing fantástico (► jazz)?", pergunta a Frederico. "Ouça como Benny Goodman toca clarinete como um ► virtuose." "Pensava que só se tocava clarinete na ► orquestra", diz Frederico. "Não", retruca o pai, "o clarinete é eclético: existe no jazz, na orquestra clássica e também na música folclórica. Mais ou menos depois de 1700, apareceu esse instrumento de sopro de madeira (► famílias de instrumentos) a partir do *chalumeau* francês. Ambos os instrumentos têm um bocal com ► palheta simples." "Existem clarinetes em tonalidades diferentes?", pergunta Frederico. "Existem", responde o pai, "ele é feito em seis tonalidades. O *clarinete em si* é o mais difundido. ► Mozart, a propósito, amava o clarinete e compôs um ► concerto maravilhoso para clarinete em lá maior."

Chalumeau

Clarinete em si

Benny Goodman

45

C

Classicismo

Compositores clássicos famosos

- Joseph Haydn (1732-1809)
- Wolfgang Amadeus Mozart (1756-91)
- Ludwig van Beethoven (1770-1827)

Música do classicismo

- Sonata
- Sinfonia
- Concerto solo
- Quarteto de cordas

O termo *classicismo* significa algo completo, exemplar ou modelar na arte, literatura ou música. Na história da música, o Classicismo é a época que vai mais ou menos de 1750 a 1820. As formas características são a ▶ sonata, a ▶ sinfonia, o concerto solo (▶ solo, ▶ concerto) e o quarteto para cordas (▶ quarteto). Os ▶ compositores mais conhecidos dessa época são ▶ Haydn, ▶ Mozart e ▶ Beethoven. Como esses três mestres atuaram principalmente em Viena, essa época também é chamada de *Classicismo vienense*.

Hoje em dia, a música erudita europeia é denominada, de modo geral, como *música clássica*, em oposição ao ▶ jazz, ▶ rock e ▶ pop.

Joseph Haydn   Wolfgang Amadeus Mozart   Ludwig van Beethoven

Viena no século XVIII.

Clave A clave se posiciona no início do pentagrama/pauta e nos informa sobre a altura das notas. A *clave de sol* indica a nota sol[1] na segunda linha (as cinco linhas são contadas a partir de baixo). A *clave de fá* indica a nota fá na quarta linha. A partir das notas indicadas, podem-se determinar todas as outras notas. Na música antiga, por exemplo, no ▶ Barroco, também foram usadas as *claves de dó*; dessas, são usadas ainda hoje apenas a *clave de alto* (para a ▶ viola) e a *clave de tenor*[2] (para ▶ trompete, ▶ violoncelo e ▶ fagote). A clave foi inventada pelo monge e professor de música Guido d'Arezzo por volta de 1025.

- Clave de violino (clave de sol)

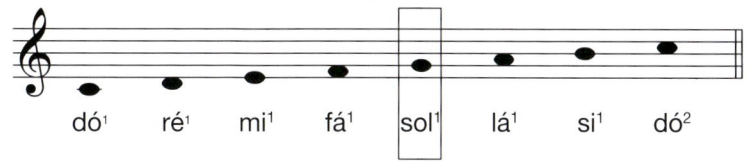

  dó[1] ré[1] mi[1] fá[1] sol[1] lá[1] si[1] dó[2]

- Clave de baixo (clave de fá)

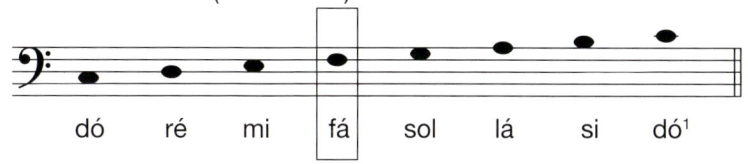

  dó ré mi fá sol lá si dó[1]

- Clave de alto (clave de dó)

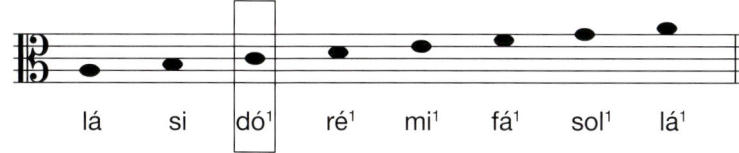

  lá si dó[1] ré[1] mi[1] fá[1] sol[1] lá[1]

- Clave de tenor (clave de dó)

  lá si dó[1] ré[1] mi[1] fá[1] sol[1] lá[1]

Guido d'Arezzo, inventor da clave.

---

2 Em português, não se usam os termos *clave de violino*, *clave de baixo*, *clave de alto* ou *clave de tenor*, apenas *clave de sol*, *clave de fá* e *clave de dó*. (N. R. T.)

C

Clavicórdio O *clavicórdio* é um antigo instrumento de teclado em forma de caixa (▶ famílias de instrumentos). Ao se comprimirem as teclas, as cordas no interior do instrumento são percutidas por lâminas metálicas. Seu som é delicado e baixo, por isso foi utilizado nos séculos XV a XVIII, principalmente em ambientes pequenos, acompanhando instrumentos ▶ solo ou de uma única voz. O clavicórdio possibilita uma música expressiva e era o instrumento favorito de J. S. ▶ Bach.

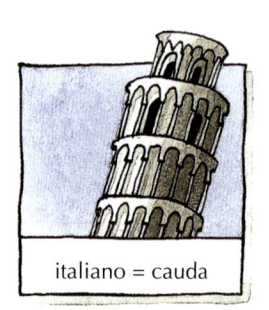

latim *clavis* = tecla;
latim *chorda* = corda

Coda A *coda* é a última parte de uma ▶ composição.

italiano = cauda

Compasso O compasso reúne valores de notas e pausas iguais ou diferentes em uma unidade. Barras verticais separam os compassos (▶ notação musical).

Exemplo:

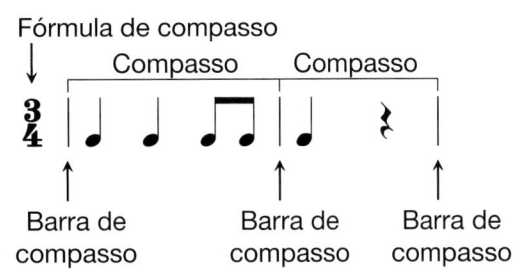

Fórmula de compasso ↓ Compasso Compasso

↑ Barra de compasso   ↑ Barra de compasso   ↑ Barra de compasso

Os números que ficam no começo de uma peça musical indicam a *fórmula de compasso*. O número de cima indica a quantidade de unidades de medida naquele compasso. O número de baixo indica a unidade de medida em relação à semibreve.

3 → 3 unidades de medida em cada compasso.

4 → 4 unidades de medida = semínima ♩.

Cada compasso contém unidades de medida acentuadas (pesadas) e não acentuadas (leves).

Exemplos:

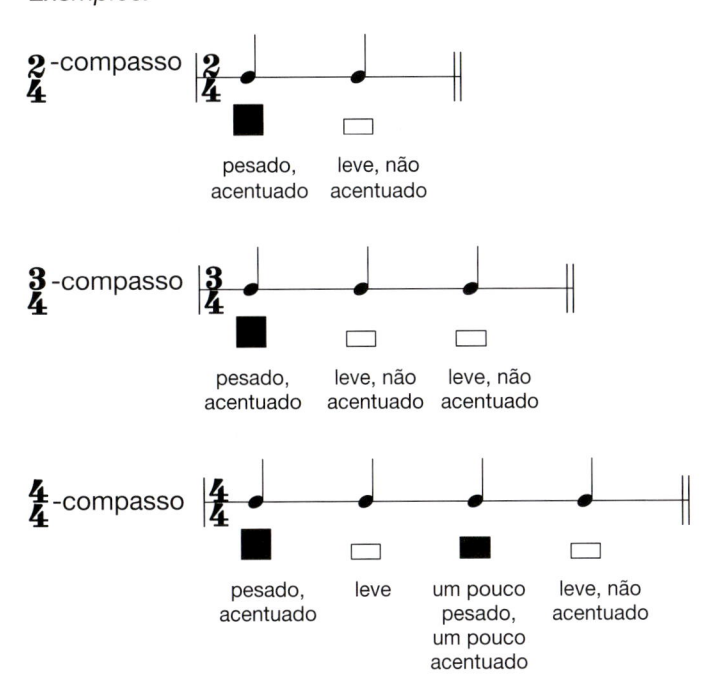

2/4-compasso
- pesado, acentuado
- leve, não acentuado

3/4-compasso
- pesado, acentuado
- leve, não acentuado
- leve, não acentuado

4/4-compasso
- pesado, acentuado
- leve
- um pouco pesado, um pouco acentuado
- leve, não acentuado

49

C

Composição A composição é uma peça musical elaborada por escrito. Compor é inventar uma música ou reunir diversas partes e escrevê-la (trabalho do ➤ compositor). Assim, ela pode ser sempre executada.

latim *compositio* = composição

Compositor O compositor é o inventor de uma ➤ composição.

Con moto *Con moto* é uma ➤ indicação de andamento e significa animado, vivo.

italiano = com movimento

Con sordino *Con sordino* é uma indicação para instrumentos de sopro, cordas ou percussão (➤ famílias de instrumentos) para tocar com abafador. O abafador é um dispositivo por meio do qual se pode alterar o volume e o timbre do som.

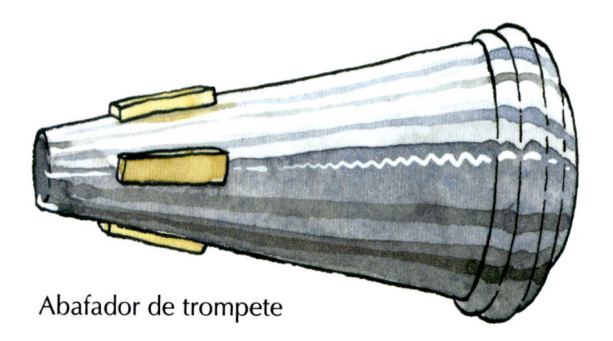

italiano = com abafamento

Abafador de trompete

italiano *concertare*
= atuar em conjunto

Contcherto

Concerto

No século XVI, *concerto* era a denominação para todos os tipos de grupos que tocavam música. No decorrer do século XVII, o termo foi utilizado para obras com vários instrumentos. A partir do século XVIII, passaram a ser assim denominadas as ▶ composições para instrumentos ▶ solo com ▶ orquestra, principalmente (por exemplo, concerto para piano, concerto para violino, concerto para oboé). Na música orquestral do ▶ Barroco, predominou o ▶ concerto grosso.

Concerto grosso

italiano =
concerto grande

Contcherto grosso

No ▶ Barroco, o *concerto grosso* foi a principal forma da música instrumental. A grande ▶ orquestra (▶ tutti) e um pequeno grupo de instrumentos, chamado *concertino*, tocam alternadamente. O concertino compõe-se geralmente de três instrumentos solo (▶ solo, ▶ trio), como dois ▶ violinos, flautas ou ▶ oboés e um ▶ violoncelo ou ▶ cravo.

Grandes mestres de concerto grosso
- Arcangelo Corelli (1653-1713)
- Antonio Vivaldi (por volta de (1678-1741)
- Georg Philipp Telemann (1681-1767)
- Johann Sebastian Bach (1685-1750)
- Georg Friedrich Händel (1685-1759)

C

Contrabaixo O contrabaixo é o membro maior e mais grave da família dos instrumentos de cordas (▶ famílias de instrumentos). Ele evoluiu da *viola da gamba* (viola de perna) e geralmente tem quatro cordas. Fica de pé com uma "ponta" no chão e é tocado com um arco pelo músico em pé ou sentado em uma banqueta alta. Desde o século XVIII, o contrabaixo é um importante instrumento na orquestra (▶ orquestra). Também no ▶ jazz ele é muito apreciado; ali as cordas são tocadas com os dedos.

italiano *contralto* = contralto, grave

Contralto *Contralto* é a denominação para a voz grave de mulheres e meninos. Existem também instrumentos contralto, como a flauta doce contralto (▶ flauta doce), a ▶ viola, o saxofone contralto (▶ saxofone), entre outros. Geralmente são afinados ¼ ou ⅕ (▶ intervalo) mais graves do que os instrumentos correspondentes (mais contraltos) (▶ soprano).

C

latim = *cantus choralis*
= canto coral

Coral "No domingo fui ao culto das crianças", conta Clara. "Lá cantamos muitos corais. O pastor nos explicou que durante a Reforma da Igreja, no século XVI, Martinho Lutero também renovou as antigas músicas eclesiásticas. Lutero não traduziu apenas a Bíblia, mas também as músicas para o alemão, para que qualquer pessoa pudesse entendê-las. E criou também novas músicas, que soam quase como canções populares, como *Vom Himmel hoch, da komm ich her* [Acima do céu para a Terra eu vou] ou *Ein feste Burg ist unser Gott* [O castelo forte é nosso Deus]. Desde essa época, o termo *coral* é usado para a música religiosa da igreja evangélica."

"Mas na Igreja Católica também se conhece o termo *coral*", completa Frederico. "Desde o papa Gregório I, por volta de 600 d. C., o canto religioso da Igreja Católica é chamado de *coral gregoriano* ou simplesmente coral. Era cantado a uma voz, sem acompanhamento instrumental e com texto em latim (▶ Idade Média)."

C

grego *choros* = local de dança, grupo de dançarinos, música para dança

Coros famosos
- *Dresdner Kreuzchor*
- *Thomanerchor Leipzig*
- *Regensburger Domspatzen*
- *Wiener Sängerknaben*
- *Fischer-Chöre*
- *Rias-Kammerchor*
- *Don-Kosaken-Chor*
- *The Harlem Gospel Singers*

Coro *Coro* é um grupo de cantores que executa uma ▶ composição a uma ou várias vozes. Há, por exemplo, o coro misto, o exclusivamente masculino ou feminino, o coro de meninos cantores e meninas cantoras, o coro infantil e o juvenil. Alguns coros cantam na igreja (coro da igreja), alguns na ▶ ópera (coro da ópera).

O coro misto geralmente tem quatro vozes: dois timbres femininos — ▶ soprano e ▶ contralto — e dois timbres masculinos — ▶ tenor e ▶ baixo.

Muitos músicos compuseram apenas música coral ou música coral para ópera, ▶ sinfonia e ▶ concerto. Tornaram-se conhecidos o coro dos prisioneiros da ópera *Nabucco*, de ▶ Verdi, o coro da noiva da ópera *Lohengrin*, de ▶ Wagner, e o coro final *Freude, schöner Götterfunken* [Alegria, formosa centelha divina], da *Nona sinfonia* de ▶ Beethoven.

C

italiano

Cravo O cravo é um grande instrumento de teclado (➤ famílias de instrumentos) com cauda³. Ao pressionar as teclas, as cordas no interior do instrumento são pinçadas pelos canos de penas de ave ou de metal. Assim produz-se um som claro, metálico, cujo volume, porém, praticamente não pode ser alterado. Nos séculos XVI a XVIII, o cravo foi um importante instrumento ➤ solo e de acompanhamento (➤ baixo contínuo). É o precursor do ➤ piano.

Cravo com dois manuais (teclados)

Crescendo *Crescendo* é uma ➤ indicação de dinâmica e significa aumentar gradativamente (crescer no volume). O contrário é ➤ decrescendo ou ➤ diminuendo.

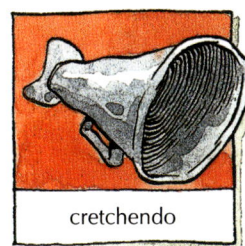

italiano = crescendo

cretchendo

cresc.

---

3 No original em alemão há um anacronismo nesse trecho. O piano é cronologicamente posterior ao cravo, de modo que este não poderia ter a forma de um piano com cauda. (N. R. T.)

55

C

Cromatismo

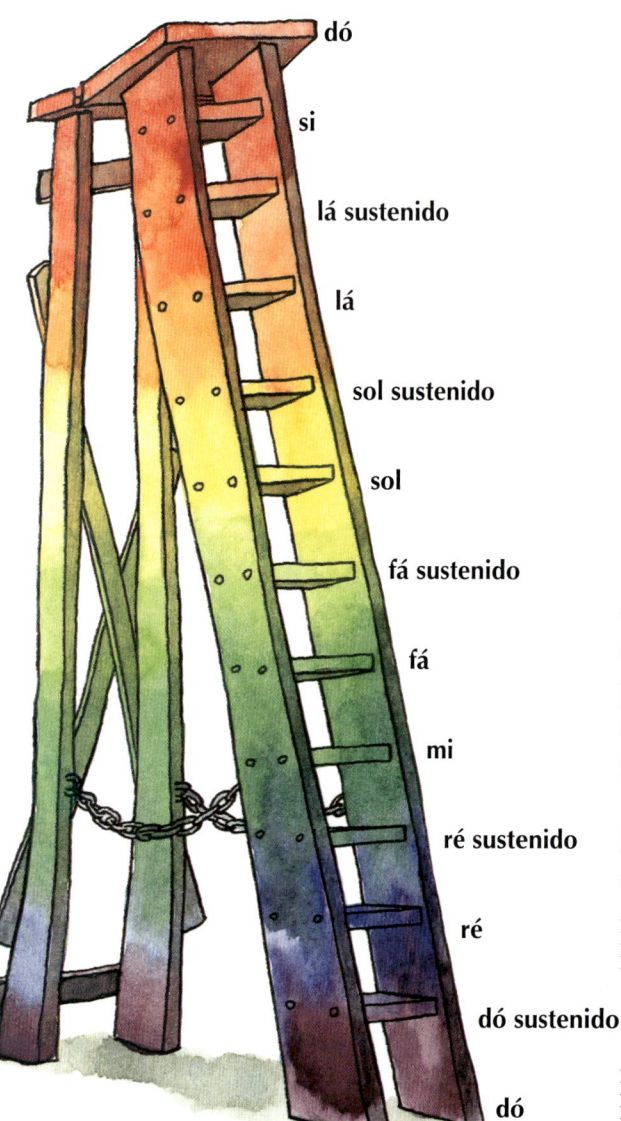

grego *chroma* = cor

Frederico está exercitando algumas ➤ escalas musicais no ➤ piano. "Clara, sabe o que é uma escala musical cromática?" Clara pensa. "Acho que não. Conheço melhor a escala em dó maior", diz e canta: "dó-ré-mi-fá-sol-lá-si-dó" (➤ diatônica).

"Mas entre o dó maior e o dó menor há mais tons", explica Frederico. "Veja aqui no piano, Clara. Com as teclas pretas posso tocar mais cinco tons: dó sustenido — ré sustenido — fá sustenido — sol sustenido — lá sustenido. Se eu os incluir na escala musical de dó maior, obtenho uma escala cromática: dó — dó sustenido — ré — ré sustenido — mi — fá — fá sustenido — sol — sol sustenido — lá — lá sustenido — si — dó.

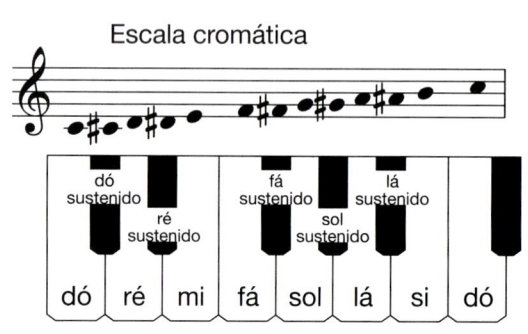

Escala cromática

É claro que posso tocar ou formar uma escala cromática não apenas a partir do dó, mas de qualquer outro tom. Cada tom está distante um semitom do próximo tom (➤ escala musical). Quando, em uma melodia, há uma sequência de semitons, isso é chamado de *cromatismo*."

Exemplo de uma melodia cromática: *Entrada dos gladiadores, Marcha triunfal*, de J. Fučik.

dó
si
lá sustenido
lá
sol sustenido
sol
fá sustenido
fá
mi
ré sustenido
ré
dó sustenido
dó

Da capo

italiano = do começo
D.C.

Da capo é uma indicação para que uma peça musical seja repetida desde o início. Existem indicações ainda mais exatas, que determinam onde uma peça deve terminar após a repetição, por exemplo:
- *Da capo al fine* = do começo até a palavra *fine* (= fim);
- *Da capo al segno* = do começo até o sinal 𝄋;
- *Da capo al* ⌢ = do começo até ⌢ (▶ fermate).

Dal segno

italiano = a partir do sinal
dal senho
D.S.

Dal segno é a indicação para que uma peça musical seja repetida a partir do sinal 𝄋. Exemplo: *Dal segno al fine* significa: de volta ao sinal 𝄋 e tocar até a palavra *fine* (= fim).

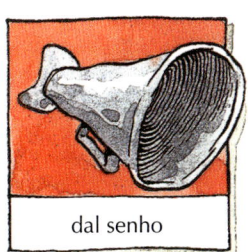

Decrescendo

italiano = decrescendo
decretchendo
decresc.

Decrescendo é uma ▶ indicação de dinâmica e significa diminuir gradativamente (também ▶ diminuendo). O contrário é ▶ crescendo.

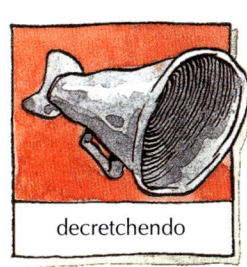

D

Dedilhado O dedilhado é escrito em números (ou cifras) junto às notas e indica aos músicos de instrumentos de cordas ou teclado quais dedos são mais adequados. A dedilhação indica uma de várias possibilidades. A contagem dos dedos é diferente para instrumentos de corda dedilhada e de teclado (➤ famílias de instrumentos).

Exemplos:

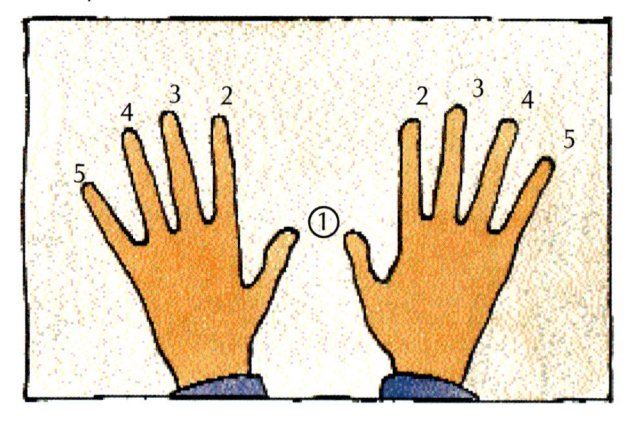

Numeração dos dedos para instrumentos de teclado.

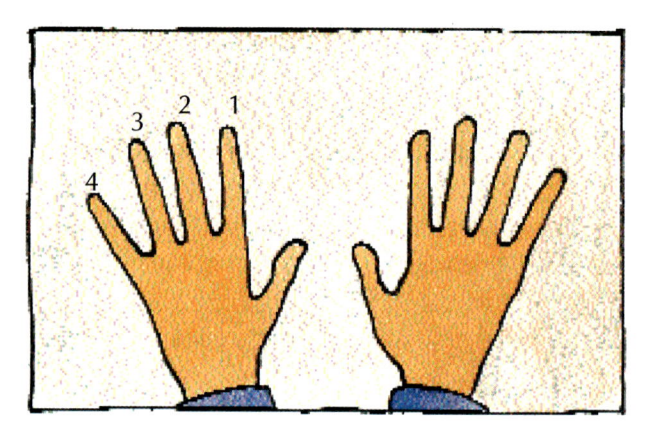

Numeração dos dedos para instrumentos de corda para a mão que dedilha (o polegar encontra-se atrás do braço).

Diapasão O diapasão é um garfo de aço com duas extremidades, que ao ser percutido produz a ➤ nota de afinação lá[1]. A partir dessa nota, podem ser afinados todos os instrumentos. Para aumentar o tom, o diapasão pode ser colocado, após ser percutido, sobre um corpo de ressonância, por exemplo, sobre o ➤ piano, a mesa ou até sobre a cabeça.

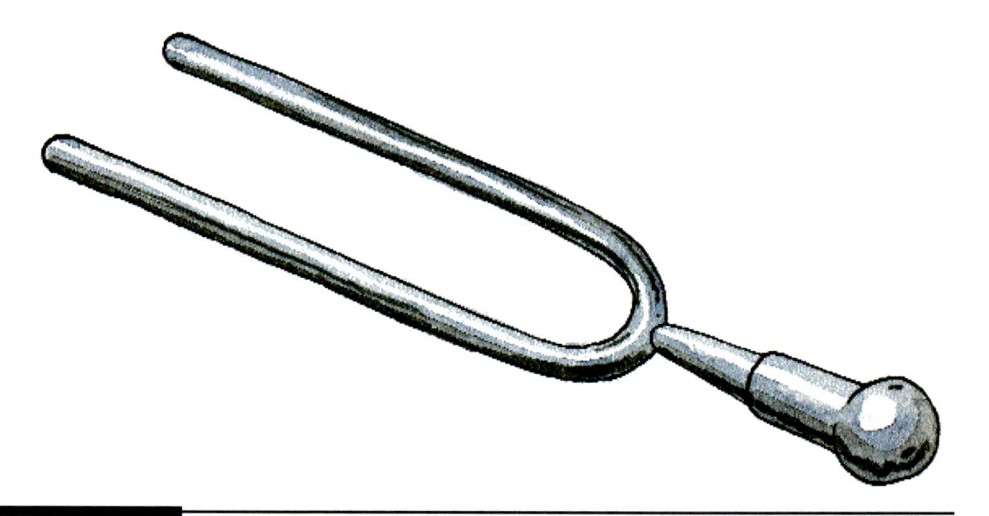

D

Diatônica Clara e Frederico fazem juntos as lições de casa. Para a aula de música seguinte Clara deve escrever uma ➤ escala musical em seu caderno de notas. "A escala deve ser composta de cinco tons integrais e dois semitons." Disso Clara já sabe. Frederico diz: "É uma escala *diatônica*". "Além disso, nosso professor gostaria que criássemos uma melodia curta — apenas com esses tons!"

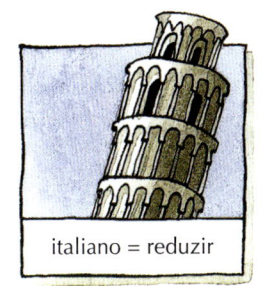

grego = *diatonos* = por meio de tons integrais

Diminuendo *Diminuendo* é uma ➤ indicação de dinâmica e significa diminuir o tom, ficar mais fraco (também ➤ decrescendo).

italiano = reduzir

dim./dimin.

D

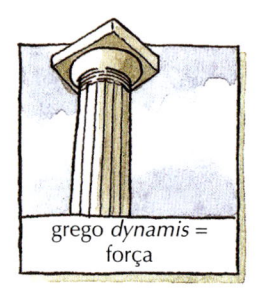

Dinâmica A *dinâmica* designa a variação na intensidade sonora de uma ▸ composição. Na ▸ notação são utilizados termos italianos, geralmente abreviados, ou símbolos, por exemplo:

pp ▸ pianissimo		*ff* ▸	fortissimo
p ▸ piano		*fp* ▸	fortepiano
mp ▸ mezzopiano		*sf* ▸	sforzato
mf ▸ mezzoforte		< ▸	crescendo
f ▸ forte		> ▸	decrescendo

A partir do século XVIII, a dinâmica passa a ser cada vez mais frequente nas obras musicais. Como os instrumentos foram melhorados tecnicamente e adquiriram uma sonoridade mais cheia, ficou possível distinguir nuances sutis na variação da intensidade sonora.

grego dynamis = força

Dolce *Dolce* é uma ▸ indicação de expressão e significa delicado, com doçura, agradável.

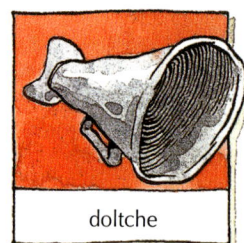

italiano = doce

doltche

Dueto O dueto é um canto para duas vozes com acompanhamento instrumental. Exemplo: dueto da ▸ ópera *Hänsel und Gretel* [João e Maria], de E. Humperdinck: *Abends will ich schlafen gehen* [À noite quero ir dormir].

italiano due = dois

Duo O *duo* é uma ▸ composição para dois instrumentos iguais ou diferentes, como, por exemplo, para dois ▸ violinos, duas ▸ flautas transversais ou ▸ violoncelo e ▸ piano.

latim duo = dois

E

Ecossaise

francês = escocesa

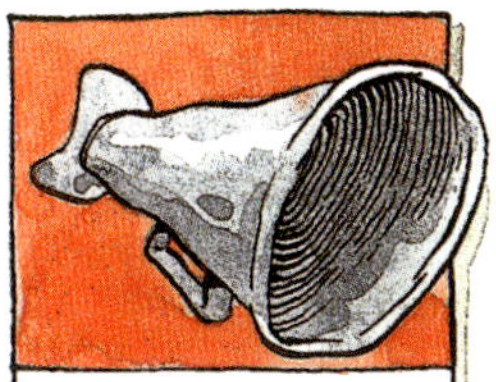

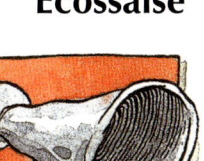

ecosséze

A *ecossaise* foi, originalmente, uma dança popular escocesa em ▶ compasso de três. Por volta de 1700, era dançada na corte francesa, onde recebeu o nome de *anglaise* (inglesa). O compasso também foi alterado para um mais rápido, ²/₄. ▶ Beethoven, ▶ Schubert e ▶ Chopin, especialmente, compuseram ecossaises para ▶ piano.

Escala tonal

dó
si
lá
sol
fá
mi
ré
dó

A escala tonal é uma sequência de tons inteiros e semitons dentro de uma oitava (▶ intervalo).

O *semitom* é o menor intervalo entre duas notas em nosso sistema de notas, como mi — fá. Um *tom inteiro* é o intervalo composto de dois semitons, como dó — ré. A escala tonal começa e termina com a mesma nota, chamada *nota básica*; daí recebe o nome. Assim, na escala em dó maior (veja a seguir), a nota básica é dó.

Naturalmente, pode ser formada uma escala tonal sobre outra nota, por exemplo, sobre sol → escala sol maior, sobre fá → escala fá maior. Para alcançar a sequência correta das notas inteiras e meias notas para essas escalas maiores, são necessários sinais de alteração (♯ e ♭).

Além da *escala maior*, também existe a *escala menor* (▶ modo). Nesta, os tons inteiros e os semitons são organizados de outra forma:

Exemplo: Escala em dó maior.

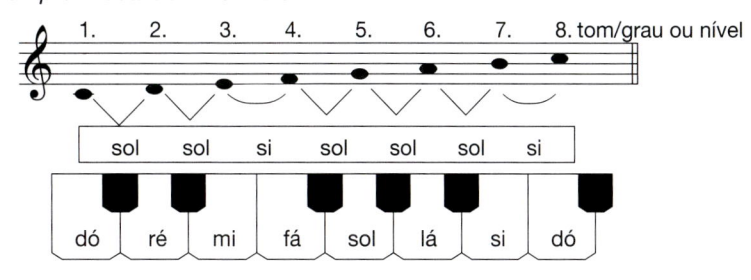

sol sol si sol sol sol si
dó ré mi fá sol lá si dó

Exemplo: Escala em lá menor.

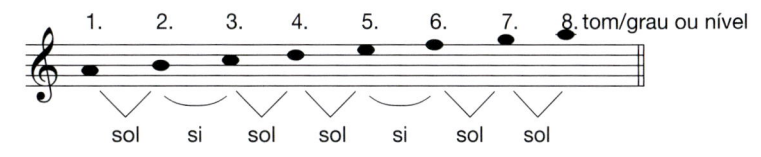

sol si sol sol si sol sol

Além dessas, ainda existem:
• a *escala cromática*: composta de 12 semitons (▶ cromatismo);
• a *escala de tons inteiros*: composta apenas de tons inteiros, por exemplo dó — ré — mi — fá sustenido — sol sustenido — lá sustenido — dó;
• a *escala pentatônica*: uma sequência de cinco tons sem semitons, por exemplo dó — ré — mi — sol — lá.

E

Escola de música

Frederico encontra Clara e uma amiga no pátio da escola. "Clara, você está sabendo que amanhã vai ter um ➤ concerto na escola de música? Vou tocar dois ➤ estudos para ➤ piano." Clara olha bem para ele. "E aí, já está com frio na barriga?" Frederico faz uma careta. "Pode acreditar! Ah, minha irmãzinha também vai participar do concerto, com as outras crianças do grupo de educação musical infantil. Além disso, vão tocar a ➤ orquestra da escola e a banda de ➤ rock. Vocês querem ir?" As meninas ficam entusiasmadas. "Lá na escola de música também se pode aprender ➤ violão?", pergunta a amiga de Clara. "Claro", diz Frederico, "e muitos outros instrumentos, individualmente ou em grupo. A escola de música tem muitas opções. Você pode até se preparar para estudar em uma faculdade de música ou conservatório." "Eu queria entrar para o coro da ➤ escola de música", diz Clara. "Amanhã ele também vai se apresentar. Vai ser muito legal!", responde Frederico.

E

Espineta

latim *spina* = espinho

"Frederico, quer tocar uma espineta?", pergunta Clara ao amigo. "Adoraria, mas não conheço ninguém que possua esse instrumento", diz ele. "Mas eu conheço", retruca Clara, "meu tio Gerd! Ele realizou o seu sonho antigo e comprou uma espineta. É o menor e mais bonito instrumento de teclado (➤ famílias de instrumentos) que já vi", diz Clara com entusiasmo. Frederico explica: "É um instrumento de cordas beliscadas como o ➤ cravo, isso quer dizer que as cordas são beliscadas com uma pena de ave para produzir o som. Ao contrário do cravo, as cordas correm diagonalmente em relação ao executante. No século XVI, era um instrumento doméstico muito apreciado na Itália. No século XVIII, foi difundido em quase todos os países europeus."
"Meu tio tocou para mim", diz Clara, "o som é bem delicado e baixo."

Espressivo

italiano = expressivo

espr.

Espressivo é uma ➤ indicação de expressão e significa *expressivo*.
• *con espressione* = com expressão.

E

francês *étude* = estudo, exercício

Estudos famosos escritos para
- piano: M. Clementi, C. Czerny, F. Burgmüller, F. Chopin, F. Liszt
- violino: R. Kreutzer, N. Paganini, H. Sitt, O. Ševčik
- violoncelo: J. J. F. Dotzauer, F. Grützmacher, D. Popper

Estudo "Clara, hoje não poderei passar o dia com você", diz Frederico. "Meu professor de piano pediu como lição de casa o treino de um estudo." "Que pena", diz Clara, decepcionada. "Tenho certeza de que você não tem muita vontade de fazer exercícios com os dedos." Frederico ri. "Ah, sabe, às vezes eles até são divertidos, porque a gente aprende a movimentar os dedos cada vez mais depressa. Mas hoje não tenho um simples exercício de dedos, mas um estudo de verdade. Então, preciso treinar a ➤ escala musical, exercícios de rapidez ou o ➤ staccato. Um estudo é uma ➤ composição completa; por isso, ele produz um som tão bonito. Quando vier me visitar novamente, eu toco para você!"

F

italiano *fagotto* = trouxa, pacote

Fagote Clara ouve sua música favorita com Frederico, *Pedro e o lobo*, de S. Prokofiev. "Logo vem a música-tema (➤ tema) do avô", observa Clara. "É tocada por um instrumento grave, o *fagote*. Cada personagem desse conto de fadas para orquestra é caracterizado por um tema musical próprio e um certo instrumento." Frederico se entusiasma.

"Já vi um fagote na ➤ orquestra. É um instrumento de sopro de madeira (➤ famílias de instrumento), não é?", pergunta Frederico. "Isso mesmo!", concorda Clara. "É formado por dois tubos paralelos de madeira com orifícios e tampas, que são unidos na ponta por um tubo em forma de U. O fagotista sopra por uma ➤ palheta dupla que está colocada sobre um tubinho de metal pequeno, fino e curvo. O *contrafagote* é o instrumento de sopro de madeira mais grave da orquestra."

Exemplo: música-tema do avô em *Pedro e o lobo*, de S. Prokofiev.

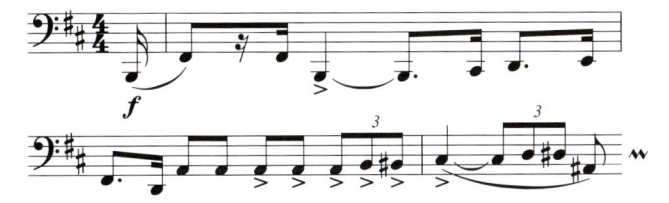

F

Famílias de instrumentos Os diversos instrumentos musicais, tocados antigamente e hoje em todo o mundo, podem ser reunidos em famílias de instrumentos.

Instrumentos de cordas soam através da vibração de cordas quando são pinçadas, percutidas ou tangidas com arco. Os *instrumentos de cordas dedilhadas* são: ➤ balalaica, ➤ banjo, ➤ guitarra/violão, ➤ harpa, ➤ alaúde, ➤ lira, ➤ bandolim, ➤ ukulele e ➤ cítara. E os *instrumentos de arco* são: ➤ violino, ➤ viola, ➤ violoncelo, ➤ contrabaixo e ➤ viela de roda.

Nos *instrumentos de percussão*, os sons são produzidos quando se sacode ou percute (com uma placa ou barra ou com a mão). Deste grupo fazem parte os ➤ pratos, ➤ castanholas, ➤ tímpanos, ➤ percussão, ➤ pandeiro, ➤ triângulo, ➤ bombo e ➤ xilofone.

F

Na **família dos instrumentos** de sopro, o som surge quando o ar entra dentro deles. Os instrumentos de sopro de metal são diferentes dos *instrumentos de sopro de madeira*. Por exemplo, os de metal são: ➤ trompa, ➤ trompete, ➤ corneta, ➤ tuba e ➤ barítono. Exemplos de instrumentos de sopro de madeira são: ➤ flauta doce e ➤ flauta transversal, assim como os instrumentos com ➤ palheta como ➤ clarinete, ➤ saxofone, ➤ oboé e ➤ fagote. Antigamente esses instrumentos eram feitos de madeira, mas hoje alguns deles são produzidos com metal, daí a diferença. Da família dos instrumentos de sopro fazem parte também o ➤ alphorn, a ➤ gaita de foles, ➤ gaita e ➤ flauta de Pã.

A característica dos **instrumentos de teclado** é ter um teclado no qual são produzidos os sons. Dessa família fazem parte o ➤ clavicórdio, ➤ cravo, ➤ espineta, ➤ piano, ➤ teclado eletrônico e ➤ viela de roda (aqui existem algumas interseções com a família dos instrumentos de cordas). O ➤ órgão e alguns ➤ acordeões também possuem teclados.

Além disso, devem ser citados os **instrumentos eletrônicos**, nos quais o som é produzido com a ajuda da eletricidade, como a ➤ guitarra, o ➤ teclado eletrônico e o ➤ sintetizador; e os *instrumentos musicais mecânicos* como o ➤ realejo.

67

F

Fermata A *fermata* é um sinal de ➤ notação que indica uma parada. Ela é escrita sobre uma nota ou pausa, que deve ser mantida além do seu valor habitual.

italiano *fermata* = parada

Finale *Finale* é o último ➤ movimento de uma ➤ composição com vários movimentos, como acontece na ➤ sinfonia, na ➤ sonata ou no ➤ concerto. Geralmente é uma peça rápida e alegre, com caráter de dança, que proporciona um final entusiástico da obra. Na ➤ ópera, a cena final de cada ato, em geral muito impressionante, é denominada "finale". Todos os solistas (➤ solo) tocam juntos com o ➤ coro.

italiano = final

Fine *Fine* indica o final de uma peça.
• *Da capo al fine* (*D. C. al fine*) = tocar do começo ao fim.

Latim *finis* = fim

F

Flamenco

As danças flamencas mais importantes
- Alegrias
- Bulerias
- Soleares

espanhol

"Ontem fomos a um casamento de amigos de meus pais", diz Clara, entusiasmada. "E daí?", pergunta Frederico, "não é nada de especial." "Mas foi!", retruca Clara. "Porque os noivos eram da Espanha, e um grupo dançou flamenco. Os dançarinos marcavam o ritmo com os pés." Frederico fica curioso. "Havia também violonistas (➤ violão)?" "Claro! E cantores de flamenco. Um menino espanhol me explicou um pouco sobre o flamenco."

A palavra *flamenco* vem provavelmente do árabe e significa algo como um camponês que parte ou que está a caminho — portanto, um nômade (*felá* = camponês e *mengu* = partir). Os ciganos andaluzes (sul da Espanha) tiveram participação decisiva no surgimento do flamenco, e os mouros (árabes) influenciaram o canto flamenco. "O que flamenco tem a ver com canto?", pergunta Frederico. "Muita coisa", explica Clara. "No começo, o flamenco era dançado apenas com cantos e palmas rítmicas. Só mais tarde veio o violão. Toda dança flamenca vive da ➤ improvisação. Mas o ritmo básico de cada um é sempre mantido."

F

Flauta de Pã

Famoso flautista de Pã
• Gheorghe Zamfir (1941-)

"Ontem tivemos visita da Romênia", conta Clara ao amigo. "Lívia me trouxe uma maravilhosa flauta de Pã (➤ famílias de instrumentos). Ela me explicou que havia flautas de Pã na Antiguidade. Aliás, você sabe de onde veio esse nome?" "Não", responde Frederico, curioso.

Clara conta: "O *deus Pã dos pastores*, na Grécia antiga, estava apaixonado por uma ninfa que o repelia. Ela fugiu e foi transformada em junco por uma divindade protetora. De tão triste que ficou, Pã fez com a madeira desse junco uma flauta (em grego: *siringe* = tubo), que então passou a tocar".

"Que história interessante!", diz Frederico. "A sua flauta de Pã também é de junco?" "Sim", responde Clara, "mas existem flautas de Pã feitas de argila, pedra, bambu, madeira, metal e plástico. A gente sopra — como se soprasse uma garrafa — na parte superior dos tubos, que têm comprimentos diferentes e estão amarrados ou colados entre si. As flautas de Pã ainda são tocadas na América do Sul, Japão, Itália e Romênia." "E na ➤ ópera *A flauta mágica*, de ➤ Mozart, Papageno toca uma flauta de Pã", completa Frederico.

F

Flauta doce

Tocadores famosos de flauta doce
- Hans-Martin Linde (1930-)
- Frans Brüggen (1934-2014)
- Michala Petri (1958-)

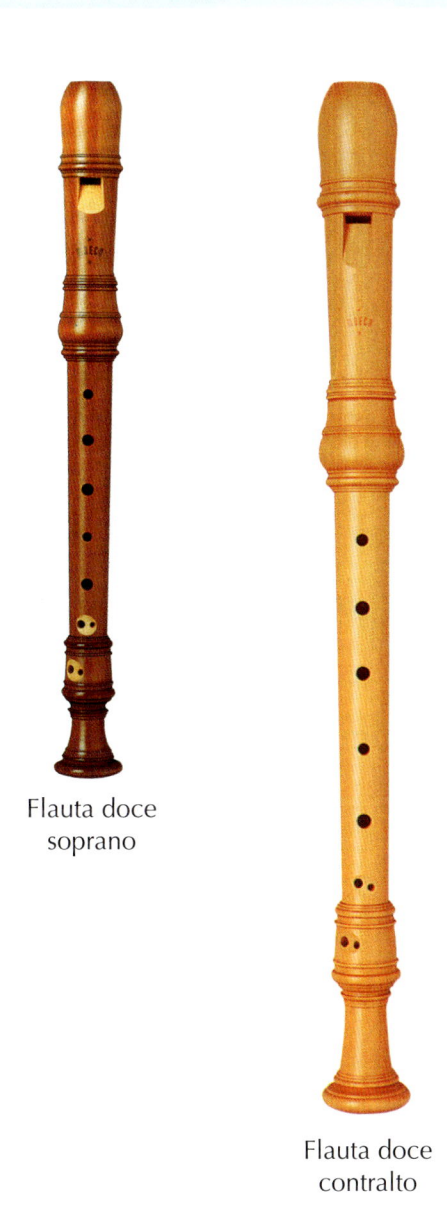

Animada, Clara conta à mãe: "Amanhã não posso me esquecer de levar minha flauta doce à escola. Nosso professor de música quer formar um grupo de flautas doces e eu posso participar! Haverá flautas em todas as alturas: *flauta doce soprano, flauta doce contralto, flautas doces tenor* e *baixo* (➤ soprano, ➤ contralto, ➤ tenor, ➤ baixo). Conforme a voz, os instrumentos variam de tamanho. As flautas baixo são as mais compridas".

"Você sabia que existem flautas doces desde o século XI?", pergunta a mãe. "No período ➤ barroco, elas eram muito apreciadas. Por volta de 1750, a flauta doce foi sendo substituída pela ➤ flauta transversal, mas, a partir do começo do século XX, ela voltou novamente a ser popular."

"Nosso professor contou que no bocal da flauta doce existe um bloco de madeira — também chamado de *block* —, daí o nome em alemão *blockflöte*. Esse bloco deixa livre só uma fenda estreita para a entrada do ar", explica Clara. "O ar é conduzido através da fenda estreita até um canto produzindo o som."

"Quantos orifícios afinal tem uma flauta doce?", pergunta a mãe. "Sete na frente e um atrás, para o polegar da mão esquerda", explica Clara. "As flautas baixo têm chaves com as quais os orifícios que não podem ser alcançados pelos dedos possam ser tampados."

Flauta doce soprano

Flauta doce contralto

F

Flauta transversal

Flautistas transversais famosos

- Johann Joachim Quantz (1697-1773)
- Rei Frederico, o Grande (1712-86)
- Theobald Boehm (1794-1881)
- Philippe Gaubert (1879-1941)
- Jean-Pierre Rampal (1922-2000)
- Aurèle Nicolet (1926-)
- Peter-Lukas Graf (1929-)
- James Galway (1939-)

Clara, Frederico e sua prima veem na rua um desfile da sociedade de atiradores. "Os músicos seguram as flautas na transversal", diz a prima, admirada. "São flautas transversais", explica Frederico. O pai de Frederico, que está acompanhando os três, tem mais coisas para contar.

"A flauta transversal veio da Ásia. Lá, as flautas seguradas transversalmente foram representadas já em pinturas do século IX. Na ➤ Idade Média, a flauta transversal era muito apreciada pelos flautistas municipais."

Flauta transversal do século XVIII

Flauta de Boehm

"Antigamente as flautas transversais ainda não eram de metal, não é?", pergunta Frederico. "Não, eram feitas de madeira ou marfim e tinham apenas orifícios simples", diz o pai. "No século XVIII, houve até um rei prussiano entusiasmado pela flauta transversal: Frederico, o Grande. Você se lembra do castelo de Hohenzollern que visitamos ano passado? Lá vimos algumas flautas do rei." Frederico confirma.

"Aos poucos, a flauta transversal foi dotada de chaves. Theobald Boehm aperfeiçoou o mecanismo das chaves em meados do século XIX e construiu a moderna flauta transversal, a chamada *flauta de Boehm*. Mesmo sendo a atual flauta transversal feita de metal (geralmente prata), ela pertence à família dos instrumentos de sopro de madeira (➤ famílias de instrumentos). Existem flautas transversais de tamanhos bem diferentes. Com a *flauta piccolo* curta, podem-se tocar tons bem altos, e, na *flauta baixo* (➤ baixo), tons bem graves." "A flauta transversal não é tocada apenas em bandas marciais, mas principalmente na ➤ orquestra", completa Clara.

F

Forte

italiano = forte, alto

f

Forte é uma ➤ indicação de dinâmica e significa alto, forte. O contrário é ➤ piano. Os sinais mais intensos do que o forte são:
- *fortissimo* (*ff*) = muito alto
- *forte fortissimo* (*fff*) = o mais alto possível

Fortepiano

italiano = alto — baixo

fp

Fortepiano é uma ➤ indicação de dinâmica e significa primeiramente forte e depois suave.

Forzato

italiano = forçado

fz

Forzato é um sinal de dinâmica que indica um acento repentino; diz-se também *subito forzato* ou *sforzato* (abreviação: *sf* ou *sfz*).

F

Fuga A *fuga* é uma peça musical polifônica (► polifonia) composta de maneira bastante engenhosa, segundo regras rígidas. Uma fuga começa com uma voz apresentando o ► tema. Após o término deste, a segunda voz retoma o mesmo tema no ► intervalo de quinta, enquanto a voz inicial desenvolve um contraponto segundo regras determinadas. O mesmo ocorre para cada entrada de outra voz. Geralmente uma fuga não tem mais que quatro vozes. Ela surgiu no século XVII a partir do ► cânone. J. S. ► Bach foi um mestre da fuga (*O cravo bem temperado* e *A arte da fuga*).

latim *fuga* = fuga

Exemplo: Fuga nº 2 do *Cravo bem temperado*, parte 1, de J. S. Bach. BWV 817

Furioso *Furioso* é uma ► indicação de expressão e significa selvagem, tempestuoso, furioso.

italiano = furioso

G

Gaita "Quer ir ao cinema, Clara?", pergunta Frederico. "Até que gostaria, mas gastei toda a minha mesada com uma gaita (▶ famílias de instrumentos)", responde Clara, tirando do bolso de sua jaqueta um instrumento achatado, prateado e brilhante. Ela sopra nele e aspira o ar de novo; os sons são produzidos quando o ar faz vibrar palhetas no interior do instrumento. "Meu irmão mais velho me ensinou como se toca", diz Clara. "E ele me contou que a gaita foi inventada em 1821 na Alemanha."

"Eu tenho um CD de ▶ blues", diz Frederico. "Em algumas músicas se toca a gaita. E ela também é usada na música norte-americana tradicional." "É, posso até imaginar: um cowboy solitário, ao lado de uma fogueira, tocando sua gaita..." Clara fica sonhando. "Quer saber?", sugere Frederico. "Você é minha convidada para ir ao cinema. O filme é um faroeste para crianças. Quem sabe aparece um cowboy solitário com gaita..."

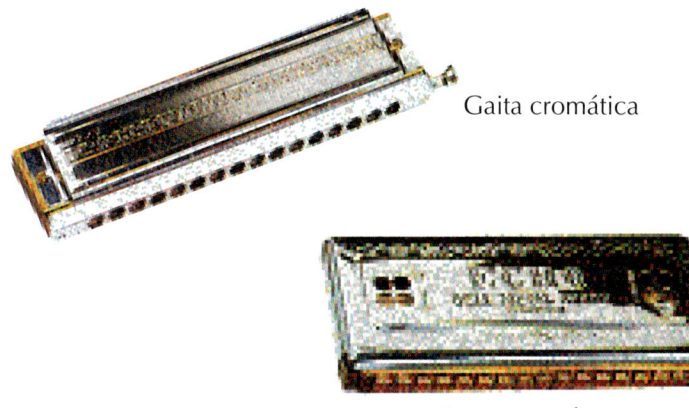

Gaita cromática

Gaita *tremolo*

Gaita de blues

G

Gaita de foles

Frederico viaja à Escócia e visita sua tia Heidi, que mora em um velho castelo. "Tomara que aqui não haja fantasmas", diz Frederico ao chegar. A tia ri. "Isso nunca se sabe... Mas aqui temos um gaitista de foles." Então eles ouvem um som penetrante, bastante alto, esganiçado. A porta se abre e o marido da tia Heidi entra — vestindo um *kilt* (saia escocesa) e tocando uma gaita de foles. Quando ele termina de tocar, aperta a mão de Frederico. "Foi para cumprimentar você. É claro que não ando por aí assim."

Frederico observa a gaita de foles. O fole pode ser inflado por um tubo superior (➤ famílias de instrumentos). Junto ao fole há um tubo com orifícios e outros tubos sem orifícios. Quando o tio comprime a gaita de foles debaixo do braço, o ar é comprimido através dos tubos. No tubo com os orifícios ele pode tocar uma melodia; os tubos sem orifícios produzem apenas um som, constante (*bordões no intervalo* de quinta, ➤ intervalo).

"A gaita de foles é nosso instrumento nacional", explica o tio. "Mas os antigos romanos já conheciam uma gaita de foles. Hoje existem gaitas de foles bem diferentes na Europa — na Espanha, na França, no Leste europeu —, no norte da África e na Ásia."

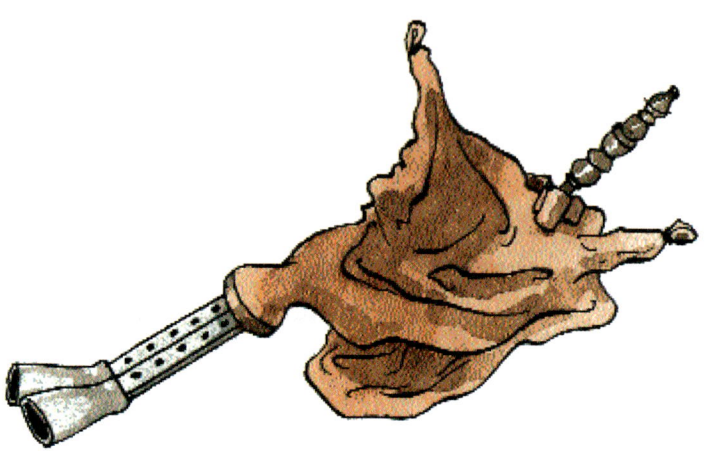

Gaitista de foles escocês

Gaita de foles árabe

G

Glissando

francês *glisser* = deslizar

gliss.

Glissando é uma instrução e significa deslizar sobre vários tons. Nos instrumentos de corda (➤ famílias de instrumentos), o músico desliza o dedo para cima e para baixo em uma corda, enquanto na ➤ harpa percorre muitas cordas com os dedos. No ➤ piano, os dedos deslizam pelo lado das unhas sobre as teclas. Também no ➤ clarinete ou no ➤ trombone pode-se produzir um glissando.

Gospelsong

inglês *godspell* = evangelho

A *gospelsong* (canção gospel) é uma forma religiosa de ➤ música criada pelos negros norte-americanos. Desenvolveu-se, semelhantemente aos ➤ negro spirituals, a partir das exclamações dos membros da comunidade durante os cultos. A canção gospel é cantada ➤ solo ou em ➤ coro; chantre e coro se alternam (na forma de exclamação e resposta). Os textos se referem geralmente ao Novo Testamento da Bíblia. Por volta de 1930, o gospel ficou mundialmente conhecido.

Cantora gospel famosa
• Mahalia Jackson (1911-72)

Grazioso

italiano = gracioso

Grazioso é uma indicação de ➤ expressão e significa gracioso, delicado.

G

Guitarra/violão

grego *kithara* = guitarra

Clara descobre no sótão da casa da avó um violão antigo. "Posso tocá-lo?", pergunta Clara. A avó permite. "Antigamente eu tocava bastante. Se você quiser, posso lhe ensinar." Clara fica entusiasmada. Enquanto dedilha as seis cordas, ela pergunta: "Faz muito tempo que existe o violão?". "Oh, faz, sim! Provavelmente o violão foi levado pelos árabes para a Espanha, já no século XIII. Teve seu auge na Europa no século XVII. Ele pertence à família dos instrumentos de cordas (➤ famílias de instrumentos)."

"Vi um violonista espanhol em uma festa de casamento", conta Clara. "No ➤ flamenco, ele deslizava os dedos rapidamente pelas cordas." "Existem diferentes tipos de violão e técnicas para tocá-los", diz a avó. "No *violão clássico*, as cordas são pinçadas com as pontas dos dedos e as unhas, e no *violão rítmico*, por exemplo, na música folclórica ou ➤ pop (➤ guitarra elétrica), as pontas dos dedos batem rapidamente sobre todas as cordas. Isso pode ser feito também com uma palheta (pequena peça de plástico)."

"E agora vamos logo começar com a aula!", pede Clara.

Famosos violonistas clássicos

- Fernando Sor (1778-1839)
- Andrés Segovia (1893-1987)
- Narciso Yepes (1927-97)
- Julian Bream (1933-)
- Siegfried Behrend (1933-90)
- John Williams (1941-)
- Paco de Lucia (1947-)

Guitarra elétrica

É um instrumento amplificado eletronicamente. É ligada por um cabo elétrico a um amplificador, que, por sua vez, está ligado a uma caixa de som. O som e a sua intensidade podem ser regulados no instrumento e por pedais nos pés. Sem amplificador e caixa de som, a guitarra elétrica produz apenas um som muito baixo, suave, uma vez que não há caixa de ressonância. A guitarra elétrica é o principal instrumento do ▶ rock.

Guitarristas famosos
- Jimi Hendrix (1942-70)
- Johnny Winter (1944-2014)
- Eric Clapton (1945-)
- Gary Moore (1952-2011)
- Steve Vai (1960-)

H

Georg Friedrich **Händel**

1685-1759
Compositor alemão

O que Händel compôs

- 42 óperas
- 22 oratórios
- Obras vocais
- Obras orquestrais
- Música de câmara
- Música para piano (cravo)

Algumas de suas obras mais famosas

- Xerxes (ópera), principalmente *Largo*
- O Messias (oratório), principalmente *Aleluia*
- Música aquática (orquestra)
- Música para fogos de artifício (orquestra)

Frederico ouve um ➤ coro no rádio. O locutor conclui com as palavras: "Vocês ouviram o *Aleluia* do ➤ oratório *O Messias* de Georg Friedrich Händel". Frederico acha a música impressionante. "O que será que esse ➤ compositor escreveu além disso?", ele se pergunta, indo até a estante de livros de seus pais. Encontra um léxico da música e procura em "A". "'Aleluia' — oh, significa *Louvai ao Senhor*!... ah, Händel, aqui está ele!"

Frederico lê que Händel foi um dos mais importantes compositores alemães do ➤ Barroco. Contra a vontade do pai, o duque da Saxônia-Weissenfels financiou a formação musical do menino Georg Friedrich, cujo talento ao ➤ órgão lhe agradava muito. Aos dezoito anos, Händel tornou-se violinista (➤ violino) e cravista (➤ cravo) na orquestra de ópera em Hamburgo. De 1706 a 1710 esteve em viagem de estudos na Itália e foi, por pouco tempo, mestre de capela da corte de Hannover. Em seguida foi para Londres, onde permaneceu até o final da vida. Como diretor da *Royal Academy of Music*, Händel tinha a tarefa de apresentar ➤ óperas italianas no teatro real.

Frederico pergunta à mãe: "Será que temos a famosa *Música aquática* de Händel em CD? Queria muito ouvir essa música de novo". A mãe fica contente e diz: "Boa ideia! A propósito, Händel compôs a *Música aquática* para o rei Georg I da Inglaterra. Georg I era, na verdade, alemão. Antes de assumir o trono da Inglaterra, ele tinha sido príncipe-eleitor de Hannover e tinha contratado Händel como mestre de capela da corte". "E por que a ➤ composição se chama *Música aquática*?" "Porque foi executada pela primeira vez sobre o Tâmisa (é o rio que corta Londres)."

H

Rei Georg I e Händel no barco sobre o Tâmisa.
Ao fundo, a orquestra toca a *Música aquática*.

H

italiano *arpa* = harpa

Harpa   A harpa é um dos instrumentos mais antigos (➤ famílias de instrumentos) que existe. Já no Egito antigo, 2700 a.C., conhecia-se o tipo *arqueado*, cujas cordas de diferentes comprimentos ficavam presas em um arco. Posteriormente construíram-se na África, na Ásia e na Europa as mais diferentes harpas. Na ➤ Idade Média, pequenas harpas de mão eram apreciadas como instrumentos de acompanhamento para trovadores e menestréis (cantores de cantigas de amor), as quais podiam ser transportadas confortavelmente no braço.

Na ➤ orquestra atual usa-se a harpa de *pedal de dupla ação*, que o harpista movimenta com os pés. Com a ajuda dos pedais, as cordas podem ser encurtadas ou alongadas, e, assim, a altura dos sons pode ser alterada. Algumas das 47 cordas são coloridas para que o harpista se localize melhor. As cordas são percutidas com as pontas dos dedos e oscilam. As cordas mais curtas produzem os sons mais agudos e as cordas mais longas, os mais graves. Na música folclórica — principalmente na Baviera e no Tirol —, a harpa tem um importante papel.

Harpistas famosos
- Hans Joachim Zingel (1904-78)
- Rose Stein (1901-76)
- Nicanor Zabaleta (1907-93)
- Ursula Holliger (1937-)
- Maria Graf (1956-)

Harpa de pedal de dupla ação

Harpa do Egito antigo

H

Joseph Haydn

1732-1809
Compositor austríaco

"Papai", pergunta Clara, "neste ano você não vai tirar férias? Você nunca tem tempo para a gente." O pai pega Clara nos braços e diz: "No mês que vem serei só de vocês, Clara. Mas sabe, hoje podemos ficar contentes por podermos tirar férias. Antigamente as pessoas nunca ou raramente tinham férias.

Isso me faz lembrar uma história que aconteceu de verdade. Você já ouviu falar do ► compositor austríaco Joseph Haydn? Ele recebeu uma boa educação musical básica como menino-cantor na Catedral de Santo Estevão em Viena. Mais tarde, esteve a serviço do príncipe Esterházy em Eisenstadt por trinta anos, como mestre de capela da corte. Mas o príncipe, quando passava as férias em sua residência de verão na Hungria, esquecia-se de dar férias a Haydn e aos outros músicos, para que pudessem visitar suas famílias. Por isso, Haydn escreveu a *Sinfonia do adeus* (► sinfonia). Na apresentação dessa obra, os músicos tocavam como sempre, mas os instrumentos iam se calando um após outro. Um músico após o outro pegava o seu instrumento, apagava a vela junto à partitura e deixava a sala de concerto. Os dois últimos ► violinos tocavam bem baixinho até terminar a peça. O príncipe Esterházy entendeu a mensagem e mandou todos para casa, onde já eram esperados pelas esposas e pelos filhos".

83

H

O que Haydn compôs

- 104 sinfonias
- 6 oratórios
- Missas e outras obras vocais
- 24 óperas
- Concertos
- 83 quartetos para cordas e música de câmara
- 52 sonatas para piano, peças para piano

Algumas de suas obras mais famosas

- Sinfonia do adeus, Sinfonia surpresa
- A criação, As estações (oratórios)
- *Paukenmesse* [Missa dos tímpanos]
- Quarteto Imperador (quarteto para cordas)

"A *Sinfonia surpresa* não é, também, de Haydn?", pergunta Clara (▶ staccato). "Ele escreveu essa obra certamente para acordar todos os ouvintes na sala de concerto que tivessem adormecido com a linda e suave música, com o toque repentino do ▶ tambor!" O pai ri. "Sim, Haydn tinha muito bom humor. Essa sinfonia é uma das famosas doze *Sinfonias de Londres* que Haydn compôs durante sua estadia na Inglaterra. Ele compôs muitas outras obras que ficaram bastante conhecidas, como os dois ▶ oratórios *A criação* e *As estações*. A melodia do hino nacional alemão (▶ hino), aliás, é do *Quarteto Imperador*, um dos 83 quartetos para cordas de Haydn (▶ quarteto)."

As estações com Haydn

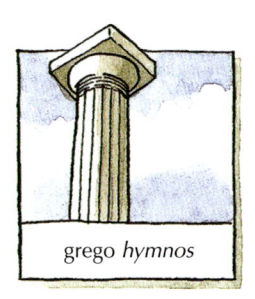

Hino O hino é uma canção solene de louvor. Na Grécia antiga, os deuses eram homenageados com hinos. Todos os países do mundo têm um *hino nacional*, executado em solenidades. A música do hino nacional alemão foi escrita por ▶ Haydn. É de um ▶ quarteto para cordas chamado *Quarteto Imperador*. A letra *União e direito e liberdade* foi escrita pelo poeta Hoffmann von Fallersleben (1798-1874).

grego *hymnos*

História da música Não se pode determinar com exatidão quando os seres humanos começaram a fazer música. As pinturas rupestres mais antigas com representações musicais têm de 25 a 35 mil anos de idade. Em todas as civilizações antigas — no Egito, China, Grécia ou no Império Romano —, a música tinha grande importância.

As mais importantes épocas na história da música são: ▶ Idade Média, ▶ Renascimento, ▶ Barroco, ▶ Classicismo. ▶ Romantismo, ▶ Impressionismo e música do século XX (▶ música nova, ▶ jazz, ▶ rock, ▶ música pop).

H

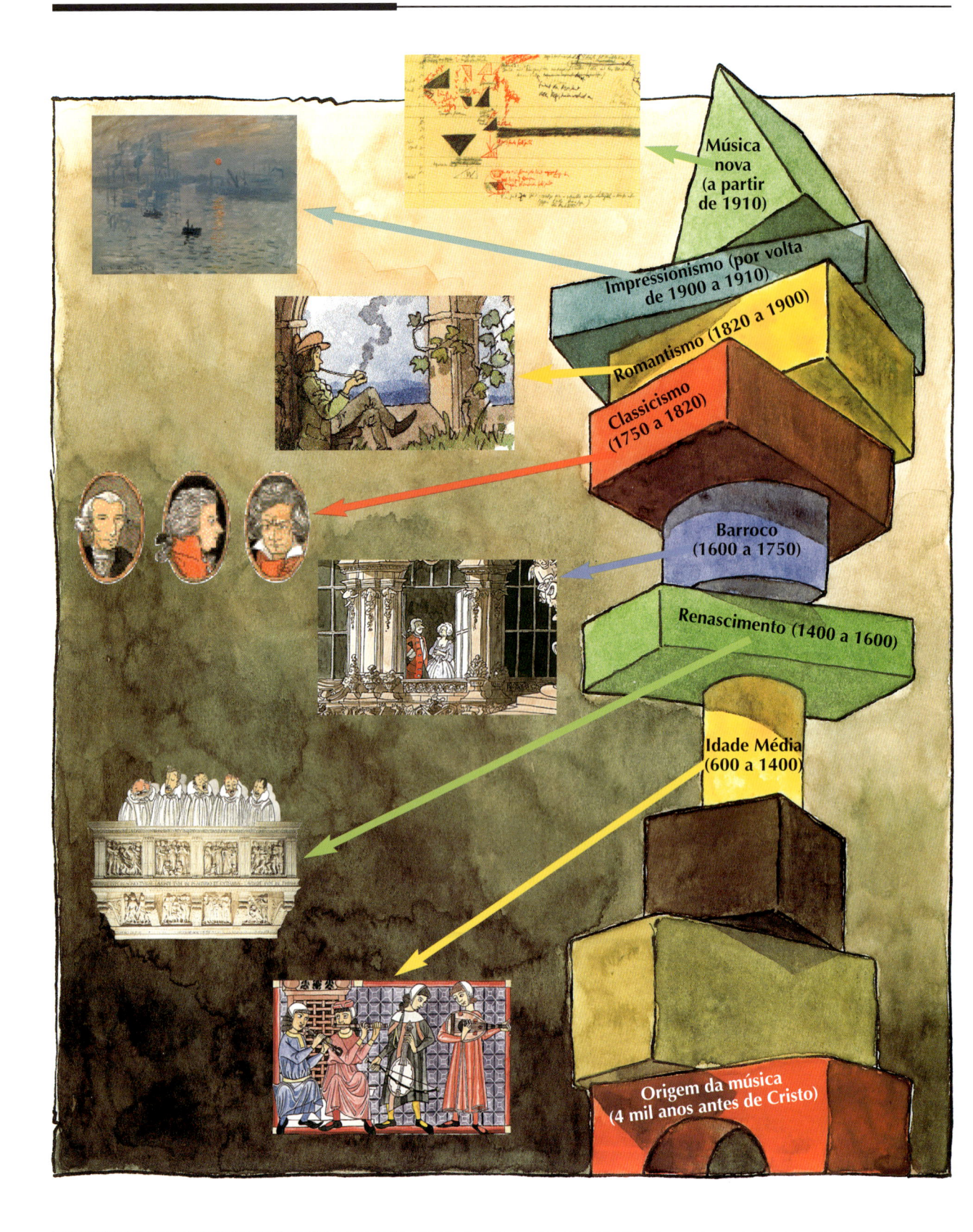

Música nova (a partir de 1910)

Impressionismo (por volta de 1900 a 1910)

Romantismo (1820 a 1900)

Classicismo (1750 a 1820)

Barroco (1600 a 1750)

Renascimento (1400 a 1600)

Idade Média (600 a 1400)

Origem da música (4 mil anos antes de Cristo)

H

Hit O *hit* é uma música que está fazendo muito sucesso e cujas gravações em CD são bastante vendidas. Os hits com os melhores índices de vendagem aparecem na "hit parade" (parada de sucessos), na lista dos mais vendidos.

inglês = choque, sucesso

Homofonia Fala-se de *homofonia* quando, em uma música, todas as vozes soam ritmicamente iguais ou quase iguais. Uma música é considerada homofônica quando a melodia conduz, enquanto as outras vozes acompanham com acordes (▶ acorde). A melodia fica assim em primeiro plano e todas as outras vozes se submetem a ela.

O contrário de homofonia é ▶ polifonia, ou seja, quando todas as vozes são rítmica e melodicamente independentes e de igual importância (como a ▶ fuga, por exemplo).

grego *homophonia* = som igual

87

I

Idade Média

Trovadores germânicos famosos

- Walther von der Vogelweide (por volta de 1170-1230)
- Tannhäuser (por volta de 1205-70)
- Oswald von Wolkenstein (por volta de 1377-1445)

Mestre-cantor famoso

- Hans Sachs (1494-1576)

A Idade Média abrange aproximadamente o período entre os anos 600 e 1400. A música sacra dessa época foi o ➤ canto gregoriano latino monofônico, assim denominado por causa do papa Gregório, o Grande (por volta de 600 d.C.). Por muito tempo esses cantos foram transmitidos apenas oralmente, e só mais tarde foram escritos em D. C. (➤ notação musical). Ainda hoje os cantos gregorianos são cantados por monges nos mosteiros.

A música profana uníssona foi representada a partir do século XII, na França, pelos trovadores, e na Alemanha, pelos *minnesänger* (mais tarde mestres-cantores). Esses cantores fidalgos compunham, eles mesmos, os textos e as melodias de suas ➤ canções (francês: *troubadour*, de *trouver* = achar, inventar). Iam de corte em corte para apresentar suas canções, tocando rabecas, pequenas ➤ harpas e ➤ alaúdes, ou eram acompanhados por menestréis.

Aos poucos surgiu, na Idade Média, a música polifônica.

I

Impressionismo

O *impressionismo* é um estilo da pintura francesa e da música que surgiu por volta de 1900. A música impressionista geralmente é influenciada por impressões da natureza. Ela "desenha" musicalmente imagens delicadas com sons "coloridos" e contornos rítmicos indefinidos.

francês *impression* = impressão

Compositores impressionistas famosos

- Claude Debussy (1862-1918)
- Maurice Ravel (1875-1937)

Claude Monet: *Impression, soleil levant*, 1872.

Improvisação

latim *ex improviso* = sem preparação

"O que é que você está tocando?", pergunta a mãe para Frederico, que está ao ▸ piano, muito concentrado. "Essa eu não conheço." "Ah, estou inventando agora", responde Frederico. "Meu professor disse que quando inventamos alguma coisa no instrumento, sem pensar muito, fazemos improvisação. ▸ Compositores famosos também improvisaram, por exemplo, J. S. ▸ Bach, no órgão, ou ▸ Mozart e ▸ Beethoven ao piano. No ▸ jazz, em que há muita liberdade, a improvisação é bastante importante; mas também algumas regras devem ser respeitadas." "Quando você memoriza o que tocou e depois escreve, faz uma ▸ composição", completa a mãe.

I

Indicação de dinâmica *Indicações de dinâmica* são acréscimos na partitura sob a forma de palavras, abreviações ou sinais que estabelecem mais detalhadamente o ➤ tempo, a ➤ dinâmica, a ➤ articulação, a expressão, a técnica etc. As indicações de dinâmica surgiram no século XVII, na Itália e na França, e desde aquela época são utilizadas em língua italiana, por exemplo ➤ adágio, ➤ forte, ➤ crescendo, ➤ legato etc.

Intervalo O intervalo é uma distância entre dois sons (alturas) na qual eles podem soar simultaneamente ou um após o outro. Os intervalos são lidos de baixo para cima, sendo que a nota mais baixa e a mais alta também são contadas. Na ➤ escala tonal de dó maior, existem os seguintes intervalos:

latim *intervallum* = intervalo

	Distância da nota mais baixa à mais alta
dó^1 - dó^1 = primeira	uníssono
dó^1 - ré^1 = segunda	2 sons
dó^1 - mi^1 = terça	3 sons
dó^1 - fá^1 = quarta	4 sons
dó^1 - sol^1 = quinta	5 sons
dó^1 - lá^1 = sexta	6 sons
dó^1 - si = sétima	7 sons
dó^1 - dó^2 = oitava	8 sons

Primeira Segunda Terça Quarta Quinta Sexta Sétima Oitava

Primeira   *Quarta*   *Oitava*

J

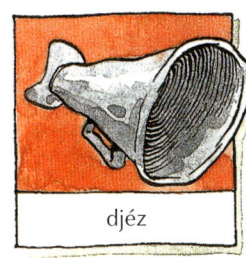

Jazz

norte-americano

djéz

Os estilos mais importantes do jazz são
- New Orleans Jazz
- Dixieland
- Swing
- Bebop
- Cool Jazz
- Free Jazz
- Hard Bop
- Jazz Rock
- Jazz Fusion

"Oi, Frederico, como foram suas férias de verão?", pergunta Clara ao amigo. "Muito legais!", responde ele. "Minha família e eu fomos visitar parentes nos Estados Unidos, em Nova Orleans." "Uau!", exclama Clara, surpresa. "Não é a cidade onde nasceu o famoso trompetista Louis ▶ Armstrong?" "Isso mesmo", confirma Frederico, "e Nova Orleans é chamada de *Berço do Jazz*. Meu tio me contou que o jazz surgiu no final do século XIX, depois que a escravidão havia sido abolida. Os negros não tinham mais que trabalhar duro para os patrões brancos. Muitos foram para as cidades em busca de trabalho. Lá conheceram a música dos brancos e seus instrumentos. Geralmente o que conseguiam comprar eram instrumentos de antigas bandas militares. Assim surgiram as primeiras *marching bands* (do inglês *march* = marchar), que desfilavam pelas ruas. Sua música era uma mistura de ▶ negro spirituals, ▶ blues e música 'branca'."

J

Famosos músicos de jazz
- Duke Ellington (1899-1974)
- Louis Armstrong (1900-71)
- Glenn Miller (1904-44)
- Count Basie (1904-84)
- Benny Goodman (1909-86)
- Dizzy Gillespie (1917-93)
- Charlie Parker (1920-55)
- Oscar Peterson (1925-2007)
- Miles Davis (1926-91)
- Joe Zawinul (1932-2007)
- Chick Corea (1941-)
- Keith Jarrett (1945-)
- Pat Metheny (1954-)

"Ah, entendi. Então o jazz surgiu nos Estados Unidos, do encontro de música africana com a europeia. No princípio do jazz, Nova Orleans se tornou um centro e, por isso, essa cidade portuária é chamada de *Berço do jazz*", observa Clara.

"Nas ruas de New Orleans nós vimos uma dessas marching bands. Tocava para um enterro", diz Frederico. "O quê?", Clara olha cética para seu amigo. "A caminho do cemitério ela acompanhava o caixão com uma música lenta, triste, mas no caminho de volta para casa todos os enlutados foram dançando felizes atrás da banda." Quando Clara arregala os olhos, Frederico continua a explicar: "O falecido entra no céu com música e está livre das preocupações e dos sofrimentos da Terra".

"Mas também existem músicos brancos de jazz, não é?", pergunta Clara. "Existem", responde Frederico. "No início deste século, os brancos começaram a imitar a música dos negros, que foi ficando cada vez mais variada. Surgiram estilos de jazz como, por exemplo, *Dixieland*, *Swing* ou *Free Jazz*.

A ▶ improvisação é muito importante no jazz. Às vezes, um único músico improvisa e a banda o acompanha; outras vezes, porém, são vários que improvisam ao mesmo tempo. Geralmente, uma melodia predeterminada é modificada no ritmo, na melodia e na harmonia."

L

Largo Largo é uma ➤ indicação de dinâmica e significa muito lento, largo, majestoso (➤ metrônomo). O largo é uma obra musical em tempo lento, extenso. *Larghetto* significa menos largo e mais fluido que o largo.

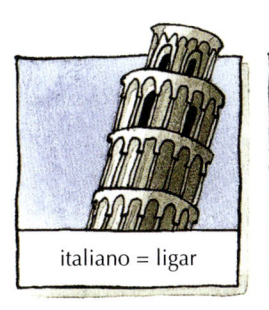

Legato Legato é uma ➤ indicação de articulação e significa tocar ligando as notas, isto é, sem interrupção perceptível no som. Na ➤ notação musical, usa-se um arco de legato quando deve ser tocado dessa forma. O oposto de legato é ➤ staccato.

Exemplo: do Concerto para piano nº 1 de P. I. Tchaikovsky.

Leggiero Leggiero é uma ➤ indicação de expressão e significa leve, ligeiro.

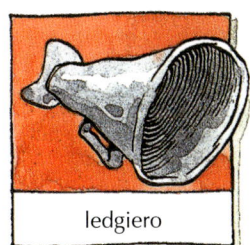

Lento Lento é uma ➤ indicação de andamento.

L

Libreto *Libreto* é a denominação do livro de texto de ▶ óperas, ▶ operetas, ▶ musicais, ▶ oratórios e ▶ cantatas. Compositores de óperas geralmente não escrevem os textos que serão musicados, mas trabalham em conjunto com um escritor, o *libretista*. O texto da ópera *A flauta mágica* de ▶ Mozart foi escrito por Emanuel Schikaneder (1751-1812). ▶ Wagner, ao contrário, escreveu ele mesmo todos os textos de suas óperas.

italiano = livreto, livrinho

Lira "Clara, isto chegou para você, da Grécia", diz a mãe, entregando-lhe um cartão postal. "Que lindo", exclama Clara, "é da minha correspondente Eleni. Aqui ela escreve que eu deveria visitá-la nas próximas férias. Olhe o cartão, um vaso antigo com uma mulher tocando um instrumento. É feito de casco de tartaruga", diz Clara, admirada.

grego

A mãe explica: "É uma lira — um instrumento musical doméstico apreciado na Grécia antiga, muito antes do nascimento de Cristo. Ela tem de cinco a sete cordas que eram tocadas com uma palheta (pequena peça de osso) (▶ famílias de instrumentos). Um instrumento próximo da lira é a cítara, que tem até doze cordas e, por isso, é mais difícil de ser tocada. Ela tem um ressonador de madeira. O deus grego Apolo era representado frequentemente com uma cítara — símbolo da harmonia. Hoje em dia, a lira é considerada símbolo da música".

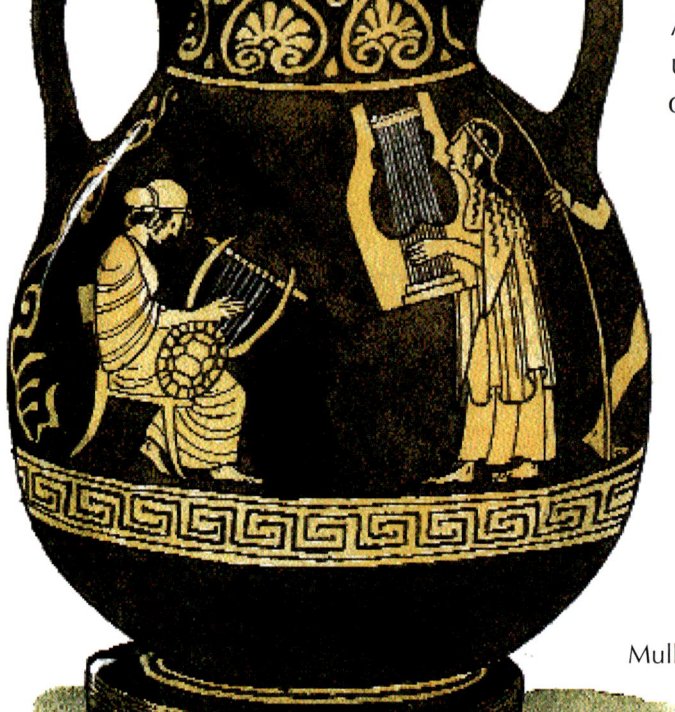

Mulheres tocando lira e cítara.

L

Franz **Liszt**

1811-86
Compositor húngaro

O que Liszt compôs

- 13 poemas sinfônicos
- Obras orquestrais
- Dois concertos para piano
- Música para piano, obras para órgão
- Obras vocais
- Canções

Algumas de suas obras mais famosas

- *Les préludes* (orquestra)
- Valsa Mefisto (orquestra)
- Concerto para piano nº 1
- Rapsódia húngara nº 2 (piano/orquestra)
- *Liebestraum* nº 3 (piano)
- Sonata em si menor (piano)
- *La Campanella* (de: Estudos de Paganini para piano)

"Veja, Clara, ganhei um livro sobre Franz Liszt", diz Frederico, orgulhoso. "Meu professor de piano organizou um concurso e eu ganhei o segundo lugar." "Parabéns!" Clara bate no ombro do amigo, em aprovação. "Você já leu o livro?" "Já, achei superinteressante conhecer um pouco da vida desse famoso ▶ pianista e ▶ compositor húngaro."

"Será que Liszt começou a tocar piano com a mesma idade que você?", pergunta Clara. "Um ano mais cedo, já com seis anos", responde Frederico. "Aos nove anos ele deu seu primeiro ▶ concerto para um público que ficou entusiasmado. Seu primeiro professor foi seu pai. Mais tarde ele estudou com professores famosos, como Carl Czerny e Antonio Salieri. Liszt fez turnês de concertos por toda a Europa e, com a surpreendente agilidade de seus dedos (▶ virtuose) ao ▶ piano, deixava seus espectadores atônitos: ele fazia o piano soar quase como uma ▶ orquestra. Depois começou a transcrever obras de outros ▶ compositores, como ▶ sinfonias de ▶ Beethoven ou ▶ óperas de ▶ Wagner para piano, e também a compor sua própria música. Era amigo íntimo de Wagner." "Tem uma música de Liszt que é muito conhecida, não é?", pergunta Clara. "É", diz Frederico com uma risadinha, "*Liebestraum* [Sonho de amor], a música preferida de minha avó."

M

Maestoso *Maestoso* é uma ➤ indicação de expressão e significa majestoso, solene, festivo.

Marcato *Marcato* é uma ➤ indicação de expressão e significa tocar de modo marcado, acentuado.

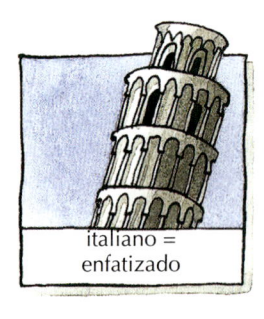

M

Marcha A marcha é uma peça musical em compasso ⁴/₄ cuja finalidade original era acompanhar a caminhada ou marcha em passos iguais. Há, por exemplo, marchas fúnebres, marchas nupciais ou marchas militares. ➤ Schubert compôs marchas famosas para ➤ piano (a quatro mãos); Johann Strauss (pai) compôs a famosa *Marcha Radetzky*. As marchas aparecem também em muitas ➤ óperas, por exemplo, em *A flauta mágica*, de ➤ Mozart (*Marcha do sacerdote*) ou em *Aída*, de ➤ Verdi (*Marcha do triunfo*).

latim *marcare* = caminhar marcando os passos

Exemplo: J. Strauss pai: *Marcha Radetzky.*

M

Mazurca "Você já sabe da novidade?", pergunta Clara a Frederico. "Na aula de balé estamos aprendendo danças de outros países. Hoje começamos com uma dança da Polônia, a mazurca." "O que isso tem a ver com ▶ balé?", quer saber Frederico. "Muita coisa. Em todos os grandes balés do século XIX, como no *Lago dos cisnes* ou *Quebra-nozes*, foram introduzidas no enredo danças nacionais e de diversos países, e o bailarino precisa saber como elas são dançadas."

"Com certeza a professora de vocês mostrou como se dança uma mazurca", diz Frederico. "Claro, e depois ela contou algumas coisas para a gente. A mazurca surgiu por volta de 1600 em Mazóvia, próxima a Varsóvia. Originalmente, essa dança em pares era acompanhada por canto. Só mais tarde, quando os passos foram ficando cada vez mais complicados, é que não se cantou mais. A mazurca camponesa evoluiu para uma dança nacional polonesa que, no século XIX, era apresentada por oficiais e famílias nobres em bailes e logo alcançou grande popularidade também na França e Alemanha. Dança-se com botas. Uma característica são os saltos, nos quais os calcanhares se batem. A mazurca é dançada em ▶ compasso rápido ¾ ou ⅜ e tem ritmo ponteado; os acentos ficam no segundo ou no terceiro tempo; no final, o primeiro compasso é acentuado."

"Você memorizou muita coisa", elogia Frederico. "Ah, o ▶ compositor Frédéric ▶ Chopin, que nasceu na Polônia, compôs mais de cinquenta mazurcas para ▶ piano. Tomara que eu logo consiga tocar uma."

Ritmo de mazurca

Metrônomo

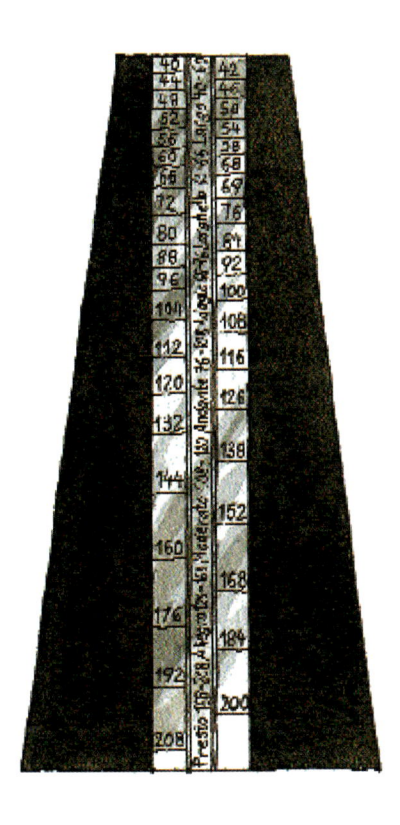

grego nómos = lei, regra

"O que é aquele aparelho fazendo tique-taque em cima do ➤ piano?", pergunta Clara a Frederico. "É um metrônomo. Com ele posso verificar, quando estou tocando, se estou mantendo um andamento regular, se não estou acelerando ou desacelerando", responde ele. "Quando dou corda no metrônomo — como em um relógio — e solto o pêndulo do suporte, ele oscila bem regular, para lá e para cá." "Ele também anda mais depressa?", pergunta Clara. "Sim, ou mais devagar, depende de como eu regulo o peso do pêndulo: alto ou baixo", explica Frederico. "É uma invenção interessante", diz Clara, admirada. Frederico concorda. "É invenção de Johann Nepomuk Mälzel. Ele desenvolveu o metrônomo em 1816. Hoje em dia se produzem também metrônomos eletrônicos. Olhe, aqui na partitura está escrito no começo: M.M. ♩ = 100, isso quer dizer: metrônomo de Mälzel, cem batidas por minuto. ➤ Beethoven foi o primeiro ➤ compositor que deu informações do metrônomo em suas indicações de tempo." "Boa ideia", diz Clara, "então a gente sempre sabe em que velocidade a música deve ser tocada."

Mezzoforte e mezzopiano

italiano = meio alto e meio baixo

mf e mp

Mezzoforte é uma ➤ indicação de dinâmica e significa menos intenso que *forte*; *mezzopiano* também é uma ➤ indicação de dinâmica e significa menos suave que *piano*.

M

francês *menu pas* = passo pequeno

Minueto O minueto foi a dança de salão mais popular nos séculos XVII e XVIII. Originalmente, era uma dança popular francesa, que depois foi introduzida na corte de Luís XIV, tornando-se uma das mais importantes danças de salão. O minueto é uma dança para casais em ➤ compasso moderado ¾. Dança-se com passos pequenos e inúmeras reverências. Muitos ➤ compositores nos períodos ➤ Barroco e ➤ Clássico compuseram minuetos; frequentemente, eles aparecem como ➤ movimento em uma ➤ suíte, ➤ sonata ou ➤ sinfonia.

M

Moderato   *Moderato* é uma ▸ indicação de andamento e significa moderadamente rápido (▸ metrônomo). Denomina-se moderato também a peça musical em ▸ tempo um pouco mais lento.

italiano = moderado

Modo   Clara ouve Frederico tocar piano e diz: "Essa melodia soa triste". Frederico concorda. "Não é por causa da melodia, mas pela escala. A peça se chama *Primeira perda* e faz parte do *Álbum para a juventude*, de ▸ Schumann. Está em escala menor. Existem duas:
- a *maior* tem um caráter mais divertido e alegre;
- a *menor* soa mais suave e, às vezes, triste.

Em nosso sistema de notas existem 12 modos maiores e 12 modos menores (▸ escala tonal)."

M

Motivo O *motivo* é a ideia (ou elemento) musical mais curta em uma ➤ composição. A característica de um motivo pode ser o ritmo, a melodia, a harmonia ou a combinação dos três elementos. Um motivo muito conhecido pode ser ouvido no ➤ tema da famosa Quinta ➤ sinfonia de ➤ Beethoven:

latim *motivus* = móvel

O tema de J. S. ➤ Bach da ➤ fuga nº 2 de *O cravo bem temperado* é formado pela sequência de vários motivos:

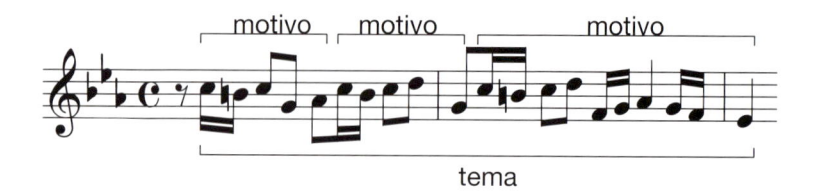

Movimento Na música, o movimento é uma parte já completa em si mesma de uma ➤ composição, como em uma ➤ sonata, ➤ sinfonia ou uma obra para ➤ música de câmara. Por exemplo, as sonatas de ➤ Mozart compõem-se geralmente de três movimentos. As sinfonias do ➤ Classicismo têm geralmente quatro movimentos.

M

Wolfgang Amadeus **Mozart**

1756-91
Compositor austríaco

O que Mozart compôs

- 21 óperas
- Mais de 50 sinfonias
- 30 serenatas
- 21 concertos para piano
- 5 concertos para violino
- Concertos para instrumentos de sopro
- Obras orquestrais
- Missas, música sacra
- 19 sonatas para piano, peças para piano
- Sonatas para violino
- Música de câmara, canções

"Clara", diz a mãe, "chegou um pacote de aniversário para você!" Clara corre até a mãe. "Olhe, é da tia Ingrid", exclama, abrindo o pacote e tirando logo um cartão onde lê: "Querida Clara, meu presente de aniversário para você é uma viagem para... Você mesma tem de descobrir como se chama a cidade. Aqui vai uma dica: nessa cidade está a casa onde nasceu um compositor em 1756 que, aos quatro anos, já tocava piano e compunha. Teve suas primeiras aulas de música com seu pai, Leopold, que era violinista (▶ violino). O pai viajou com ele e sua irmã Nannerl em uma carruagem por toda a Europa e o apresentava em todos os lugares como uma criança prodígio. Seus prenomes são Wolfgang Amadeus." Clara pensa: "Acho que é Mozart. Mas e a cidade? Vou continuar lendo".

"Agora você certamente já sabe que estou falando de Mozart, não é? Quando Mozart ficou mais velho não quis mais viver em sua cidade natal, embora tivesse um emprego como ▶ spalla e organista (▶ órgão) da corte do bispo-príncipe. Mozart foi para Viena e continuou a compor (▶ Classicismo vienense).

M

Algumas de suas obras mais famosas

- Óperas: O rapto do serralho, As bodas de Fígaro, *Don Giovanni*, *Cosi fan tutte*, A flauta mágica
- Sinfonias: Sinfonia Praga, Sinfonia nº 39 (mi maior), Sinfonia nº 40 (sol menor), Júpiter
- Serenata: *Eine kleine Nachtmusik*
- Concertos para piano em: lá maior KV 488, ré menor KV 466, dó maior KV 467
- Concerto para clarinete em lá maior KV 622
- Missa em dó menor
- Réquiem
- Sonatas para piano em: lá maior KV 331 (como a Marcha turca) e dó maior KV 545 (Sonata facile)

O *Köchelverzeichnis* [Índice Köchel] lista mais de seiscentas obras (abreviação: *KV*; é um índice onde estão relacionadas e numeradas todas as composições de Mozart; foi chamado pelo nome de seu autor, o cavalheiro Von Köchel). A mais conhecida é, certamente, a serenata *Eine kleine Nachtmusik* [Uma pequena serenata noturna]. Infelizmente, Wolfgang Amadeus faleceu com apenas 35 anos."

Clara reflete. "E agora, como se chama a cidade onde ele nasceu?" No pacote, ela descobre uma caixa com uma linda embalagem. Em uma etiqueta, ela lê: "A última dica!". Ela abre e exclama: "Agora já sei!". A mãe olha interrogativamente para Clara. "A cidade é Salzburgo." Sorrindo, Clara oferece à mãe uma caixa dos bombons "Mozartkugeln" de Salzburgo.

M

Música de câmara "Clara", chama Frederico no pátio da escola, "você me espera? Tenho um convite para os seus pais. Minha avó está organizando de novo uma noite com música de câmara na casa dela. Se você tiver vontade pode até participar." "Mas será que todos nós cabemos em uma câmara pequena? Será que não podemos tocar em uma sala maior?", pergunta Clara, cética. Frederico ri. "Sabe, Clara, 'música de câmara' é um termo antigo do século XVI. Nas cortes e casas reais, a música profana era apresentada para um pequeno círculo de ouvintes na sala de música ou pequeno salão. Para distingui-la da música sacra e da ➤ ópera, aquele tipo de música era chamado na Itália de *musica da camera*, ou seja, música de câmara. Hoje em dia, música de câmara se refere — ao contrário de música para uma grande ➤ orquestra — à música vocal ou instrumental com poucos músicos, por exemplo, um quarteto de cordas (➤ quarteto) ou uma ➤ canção/lied (canto e ➤ piano)." "Ou uma sonata para flauta (➤ sonata)?", pergunta Clara. "Claro que sim! Aliás, até lá podemos ensaiar uma sonata. Você toca flauta e eu, piano", diz Frederico. "Assim fazemos uma surpresa para minha avó."

M

Música moderna

Compositores famosos da música moderna

- Arnold Schönberg (1874-1951)
- Béla Bartók (1881-1945)
- Igor Strawinsky (1882-1971)
- Alban Berg (1885-1935)
- Paul Hindemith (1895-1963)
- John Cage (1912-92)
- Benjamin Britten (1913-76)
- György Ligeti (1923-2006)
- Pierre Boulez (1925-)
- Hans Werner Henze (1926-2012)
- Karlheinz Stockhausen (1928-2007)
- Mauricio Kagel (1931-2008)
- Krzysztof Penderecki (1933-)
- Wolfgang Rihm (1952-)

A música moderna é uma denominação que abrange uma variedade de estilos musicais na música durante o século XX. O objetivo era desenvolver novos estilos e regras que se distinguissem totalmente daqueles das épocas (períodos de tempo) precedentes, como o ► Barroco, o ► Classicismo e o ► Romantismo. As notas, frequentemente, não eram mais registradas nas linhas e nos espaços convencionais, mas utilizando-se de outras estruturas gráficas (► notação musical).

Algumas correntes da música moderna são: *expressionismo, neoclassicismo, dodecafonismo, serialismo, música aleatória* e *música eletrônica*.

O *dodecafonismo* é um método que foi desenvolvido por Arnold Schönberg em 1921. Cada composição se baseia em uma série na qual aparecem todas as 12 notas da escala cromática (► cromatismo) e nenhuma nota se repete. A série, na qual todas as notas são igualmente importantes, pode ser utilizada na composição segundo determinadas regras; por exemplo, ela pode também ser exposta de cabeça para baixo (invertida) ou de trás para frente (retrógrada ou "caranguejo").

Exemplo: Variações para orquestra, op. 31, de A. Schönberg, Série Dodecafônica.

Sylvano Bussotti: *Siciliano*.
©Verlag Aldo Bruzzichelli, Florenz

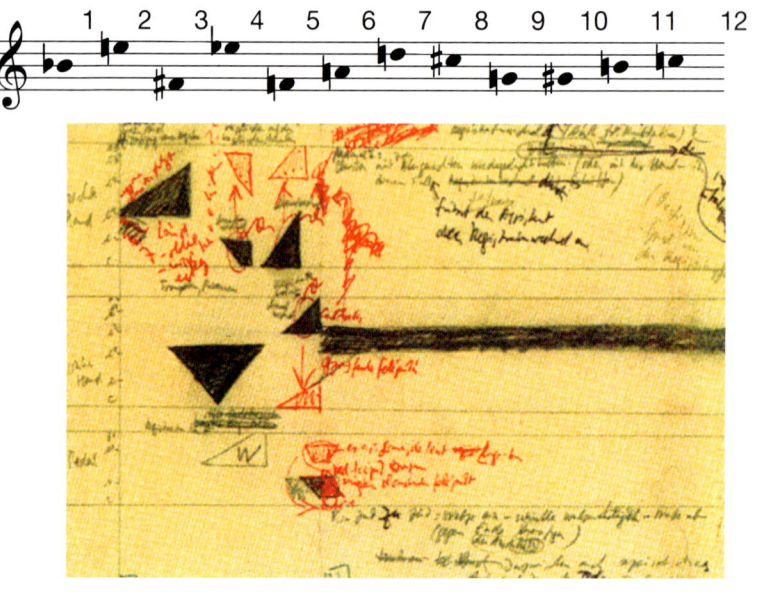

György Ligeti: *Volumina para órgão*, esboço.
© 1967 Henry Litolff's Verlag

Música pop

"Oi, Clara, acabei de comprar um CD com os sucessos mais recentes da música pop", diz Frederico, mostrando a ela o CD. "Legal, minha música favorita também está aí", diz Clara toda entusiasmada, e canta alto um trecho. "Mas o que significa, afinal, a palavra *pop*?" "É uma abreviação de *popular*, ou seja, música que agrada a muita gente. Música pop é a música de grandes sucessos e de entretenimento. Ela se desenvolveu nos anos 1960, principalmente na Inglaterra e América do Norte. A música pop que atualmente está na moda, por exemplo, o ▶ *rap*, o *hip-hop* e o *techno*, tem suas raízes no ▶ rock'n'roll e no ▶ beat."

Músicos e bandas pop famosos

- Tina Turner (1939-)
- Paul McCartney (1942-)
- Elton John (1947-)
- David Bowie (1947-)
- Stevie Wonder (1950-)
- Phil Collins (1951-)
- Michael Jackson (1958-2009)
- Madonna (1958-)
- Prince (1958-)
- The Bee Gees (criada em 1967)
- Abba (criada em 1972)

M

Musical

norte-americano

Musicais famosos
- *Lady Be Good* (G. Gershwin)
- *Annie Get Your Gun* (I. Berlin)
- *Kiss Me, Kate* (C. Porter)
- *My Fair Lady* (F. Loewe)
- *West Side Story* (L. Bernstein)
- *Anatevka* (J. Bock)
- *Hello Dolly* (J. Herman)
- *Cabaret* (J. Kander)
- *Hair* (G. Mac Dermot)
- *A Chorus Line* (M. Hamlisch)
- *Cats* (A. Lloyd Webber)
- *Phantom of the Opera* (A. Lloyd Webber)

"Vó, tenho uma novidade para você", diz Clara para a avó ao telefone. "No final do ano, vamos apresentar um musical no palco, em nosso auditório! Nosso professor compôs para nós e cada um poderá criar um pouco em seu papel. A senhora vai assistir?" "Claro, minha querida", responde a avó, "já estou muito curiosa."

"O professor explicou para a gente que o musical é uma abreviação de *musical play* — peça musical — ou de *musical comedy* — comédia musical. O musical surgiu no começo do século xx, na América do Norte. Na Broadway (a famosa rua de teatros de Nova York), estrearam (apresentados pela primeira vez) diversos musicais que muitas vezes tiveram sucesso internacional.

"Ele também contou alguma coisa sobre a música?", pergunta a avó. "Contou", diz Clara. "É uma mistura de folclore, ▸ jazz, ▸ música pop, ▸ opereta e às vezes até ▸ rock. É cantado, falado e dançado. Já estou ansiosa pela parte da dança. No decorrer dos anos o musical foi se modificando."

"Então vocês precisam ensaiar muito, porque um ator de musical tem de ser ao mesmo tempo cantor, dançarino e ator." "É mesmo! E nós mesmos vamos produzir os bastidores e o cenário na aula de Artes."

Negro spirituals

norte-americano

O *negro spirituals* é uma ➤ canção religiosa da população negra nos estados do sul dos Estados Unidos surgida no começo do século XIX, quando os negros trabalhavam como escravos nas plantações de algodão dos brancos e também tinham de participar dos cultos das pessoas brancas. Foram ensinadas aos negros canções cristãs (spirituals), que eles então combinaram com as melodias e os ritmos de sua pátria de origem, na África. Esses spirituals têm como base textos do Antigo Testamento, mas frequentemente fazem alusões à opressão dos escravos. Por exemplo, os escravos cantavam sobre o povo sofrido de Israel, mas queriam falar sobre sua própria condição de oprimidos.

Originalmente, os spirituals eram cantados em uníssono — acompanhados de batidas de pés e palmas — por um cantor e um ➤ coro que se intercalavam na forma de pergunta e resposta, semelhante ao ➤ blues. No decorrer do século XIX, evoluíram para formas corais com muitas vozes e acompanhamento de ➤ piano. Os spirituals influenciaram diretamente na formação do ➤ jazz.

Spirituals conhecidos
- *Nobody Knows the Trouble I've Seen*
- *Swing Low*
- *When Israel Was in Egypt´s Land*
- *Sometimes I Feel Like a Motherless Child*

N

Nota de afinação

"Hoje o afinador de pianos virá", diz Frederico a Clara. "Ultimamente o ▶ piano anda bastante desafinado." "Tem alguma coisa errada com as teclas?", indaga Clara. "Com as teclas está tudo em ordem. Mas as cordas dentro do piano desafinaram. Isso acontece de tempos em tempos." "E como é que o afinador sabe o timbre exato de cada corda?", pergunta Clara. "Você conhece o ▶ diapasão", responde Frederico. "Ele está afinado pela nota lá[1]. Partindo desse tom, o afinador afina as cordas. Para isso ele tem de ter um ouvido muito bom." "O melhor é quando ele tem a ▶ audição absoluta", diz Clara. Frederico concorda. "Aliás, quando os músicos da ▶ orquestra afinam seus instrumentos antes de um ▶ concerto, é o oboé que dá a nota de afinação."

N

Notação musical

latim *nota* = marca, sinal

Notas	Pausas
semibreve	pausa de semibreve
mínima	pausa de mínima
semínima	pausa de semínima
colcheia	pausa de colcheia
semicolcheia	pausa de semicolcheia
fusa	pausa de fusa

"Frederico, você poderia me ajudar a escrever as notas? A lição de casa é escrever uma ➤ canção infantil em forma de notas musicais." Clara abre seu caderno. "Vocês já aprenderam um bocado de coisas", diz Frederico, admirado. "É", diz Clara, "as notas são o meio mais importante de escrever música. A gente escreve as notas no pentagrama — exatamente sobre cada uma das cinco linhas ou no espaço entre elas. Para tons muito agudos ou graves, as linhas não bastam. Por isso, existem pequenas linhas suplementares acima ou abaixo do pentagrama."

"Você sabe também como anotar a duração exata da nota?", pergunta Frederico. "Claro!", diz Clara. "As notas são diferentes conforme o tempo que devem durar. Algumas têm uma *cabeça vazada*, com ou sem *haste*, outras têm uma *cabeça preta* com haste e, às vezes, com *colchete*. Além disso, existem sinais para *pausas* nas quais não se deve tocar. As pausas possuem o mesmo valor de tempo que as notas (exemplos: semibreve, mínima, semínima etc.)."

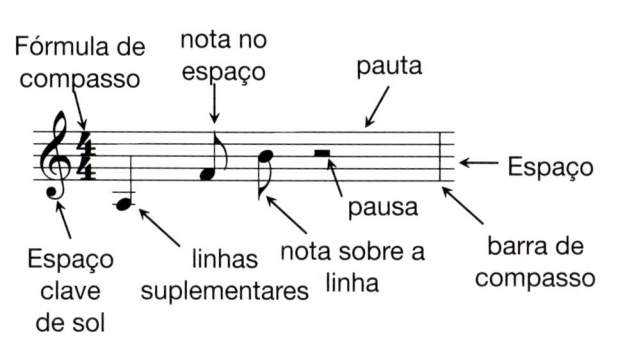

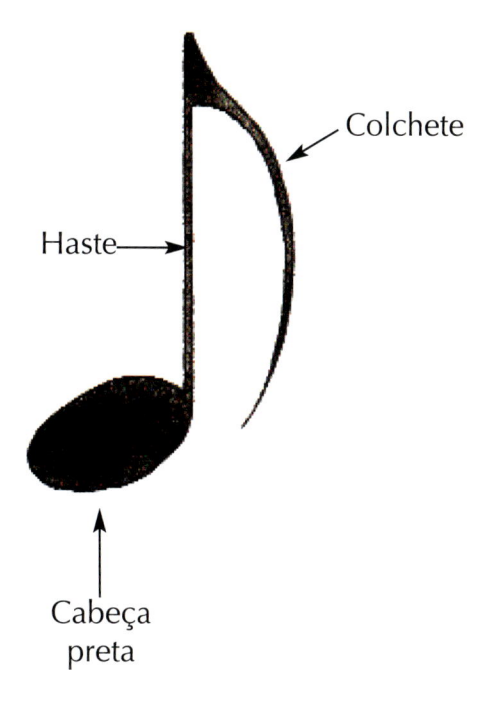

Fórmula de compasso — nota no espaço — pauta — Espaço — pausa — barra de compasso — Espaço clave de sol — linhas suplementares — nota sobre a linha

Colchete — Haste — Cabeça preta

111

N

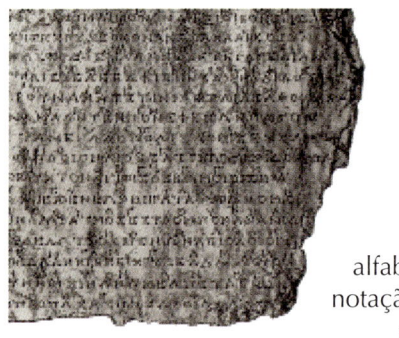

Sistema alfabético de notação grego, século II.

Neumas, século XI.

Notação coral (notação quadrada) por volta de 1500.

Notação musical clássica, 1705 (manuscrito por J. S. Bach).

Notação gráfica, século XX (Robert Moran, em *Four Visions*).
© Universal Edition, Wien

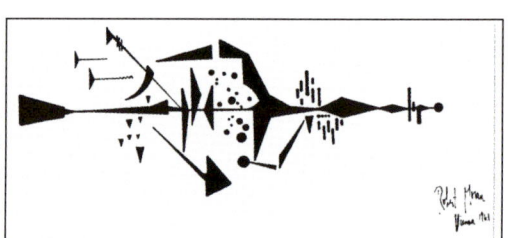

"Você me mostra como se desenha uma clave de sol?" "Claro", diz Frederico. "A clave é importante mesmo, pois só ela pode definir exatamente a altura. Existem outros sinais na notação que ajudam o músico, por exemplo, a *fórmula de compasso*, a *barra de compasso* (➤ compasso) e a ➤ indicação de dinâmica. Li que a história da notação musical começou já 200 anos antes de Cristo", prossegue Frederico. "Os antigos gregos escreviam sua música utilizando um sistema alfabético. Depois, na ➤ Idade Média, surgiram os chamados *neumas*. Eram sinais que representavam apenas o movimento melódico, e não as alturas exatas. O ritmo também não era indicado. No século XII, surgiu a *notação coral* (possibilidade de anotar as canções religiosas, ➤ coral, ➤ canção): as notas eram quadradas, por isso fala-se também de *notação quadrada*. Na notação rítmica do sistema mensural, era possível estabelecer a duração da nota. Apenas a partir do ano 1600, mais ou menos, é que a notação musical começou a parecer com aquela que conhecemos hoje.

Aliás, antigamente se preferia usar o sistema de *tablatura* para os instrumentos de teclado e de cordas dedilhadas (➤ famílias de instrumentos), que ainda hoje é usual no ➤ violão. Ele se compõe em grande parte de letras, algarismos ou outros sinais."

"O professor contou que a ➤ música moderna do século XX era escrita geralmente de uma forma totalmente diferente. Alguns ➤ compositores inventaram sinais próprios para anotar a sua música. Às vezes, a notação parece um gráfico", completa Clara. "Isso é que se chama de *notação gráfica*", explica Frederico.

O

francês *haut bois* = madeira alta, comprida ou dura

Oboístas famosos
- Heinz Holliger (1939-)
- Hansjörg Schellenberger (1948-)

Caramela

Oboé

Oboé "Frederico, você tem tempo livre no sábado que vem?", pergunta Clara. "Vou participar de uma apresentação da escola de ➤ balé." "Claro", diz Frederico. "O que é que vocês vão apresentar?" "Minha obra preferida: *Pedro e o lobo*, de Prokofiev. Meu papel é o pato", diz Clara, sorrindo. "É que Prokofiev ligou cada personagem de seu conto de fadas musical a um instrumento." "O pato não é tocado pelo oboé na ➤ orquestra?", pergunta Frederico. "É, esse instrumento de sopro de madeira (➤ famílias de instrumentos) combina bem com um pato. O som dele parece falado pelo nariz, lamentoso, às vezes parece até que está grasnando", responde Clara. "Esse som vem principalmente do bocal do oboé com a ➤ palheta dupla. O músico sopra e as palhetinhas finas vibram enquanto o ar flui pelo oboé", explica Frederico.

Clara fica espantada. "Onde foi que você aprendeu tudo isso?" "Com o pai de um amigo meu; ele toca oboé na orquestra da ópera (➤ orquestra, ➤ ópera) e já me explicou muitas coisas sobre esse instrumento. Os antecessores do oboé fazem parte do grupo dos instrumentos mais antigos que existem, e já eram difundidos no antigo Egito. Desde a ➤ Idade Média se conhecia na Europa a *charamela*, que ainda hoje é tocada em muitos países do mundo como um instrumento de música folclórica. A partir da charamela evoluiu, no século XV, a *bombarda*, que, além dos orifícios, tinha chaves. No século XVII, os fabricantes de instrumentos desenvolveram o moderno oboé.

No século XVIII foi construído o *oboé d´amore*, que J. S. ➤ Bach utilizou muitas vezes em suas ➤ composições. O *oboé da caccia* é considerado antecessor do *corne inglês*, que também pertence à família dos oboés. Esses três instrumentos representam as posições mais graves, enquanto o oboé normal é um instrumento ➤ soprano."

113

O

Ópera

italiano opera = obra

A ópera é uma obra musical na qual se encena no palco uma história com canto e música orquestral. O ➤ balé faz parte de muitas óperas.

A ópera surgiu por volta de 1600, em Florença, Itália, onde um grupo de homens estudiosos se reuniu para reavivar o drama grego (uma forma especial de teatro na Grécia antiga). Havia espetáculos com canto, mas não eram um drama completo, encenado e cantado. Também se conheciam "Espetáculos com máscaras" e os "Mistérios", porém o canto e a música não tinham papel tão importante. O ➤ compositor Claudio Monteverdi compôs, em 1607, a ópera mais antiga que encenamos até hoje, com o título *L'Orfeo*, que ficou famosa em toda a Europa.

Inicialmente, os temas das óperas eram mais sérios, depois os temas foram ficando mais alegres. Mais tarde, ao ➤ recitativo (declamação) inicial, acrescentaram-se cada vez mais ➤ árias, entreatos orquestrais e entradas de ➤ coro. No decorrer dos séculos, a ópera foi se tornando cada vez mais extensa.

Também se chamam de óperas os lugares onde elas são encenadas. O primeiro teatro de ópera foi inaugurado em Veneza, em 1637. Alguns teatros de ópera bastante famosos são o Metropolitan Opera (Met) de Nova York, o Scala de Milão, o Festspielhaus auf dem grünen Hügel, em Bayreuth (Alemanha), e a Semperoper, em Dresden.

Óperas famosas

- *L'Orfeo* (C. Monteverdi)
- Xerxes (G. F. Händel)
- As bodas do Fígaro (W. A. Mozart)
- A flauta mágica (W. A. Mozart)
- Fidélio (L. van Beethoven)
- *Der Freischütz* [O franco-atirador] (C. M. von Weber)
- O barbeiro de Sevilha (G. Rossini)
- Rigoletto (G. Verdi)
- Aída (G. Verdi)
- *Der fliegende Holländer* [O navio fantasma] (R. Wagner)
- *Die Meistersinger von* Nürnberg [Os mestres-cantores de Nuremberg] (R. Wagner)
- *Carmen* (G. Bizet)
- *Hänsel und Gretel* [João e Maria] (E. Humperdinck)
- Tosca (G. Puccini)
- *Der Rosenkavalier* [O cavaleiro das rosas] (R. Strauss)
- *Die Kluge* [A mulher sábia] (C. Orff)
- *Wozzeck* (A. Berg)
- *Dreigroschenoper* [A ópera dos três vinténs] (K. Weill)

Cantores líricos famosos

- Enrico Caruso (1873-1921)
- Elisabeth Schwarzkopf (1915-2006)
- Maria Callas (1923-77)
- Dietrich Fischer-Dieskau (1925-2012)
- Leontyne Price (1927-)
- Hermann Prey (1929-98)
- Montserrat Caballé (1933-)
- Luciano Pavarotti (1935-2007)
- Peter Schreier (1935-)
- René Kollo (1937-)
- Plácido Domingo (1941-)
- José Carreras (1946-)

Semperoper em Dresden.

Opereta

italiano *operetta* = obra pequena

"Clara, você está sem fôlego!", diz Frederico. "Não é para menos", diz Clara, "acabei de ensaiar uma música com uma amiga minha. Você já ouviu falar do cancã?" Frederico pensa por um instante. "Conheço uma opereta de Offenbach, *Orfeu no inferno*, que tem um cancã famoso." Frederico cantarola a melodia de boca fechada e tenta levantar a perna para o alto.

Exemplo: *Cancã do Orfeu no inferno*, de J. Offenbach.

"Também conheço essa música", diz Clara, rindo. "Nossa professora contou que o cancã era muito popular em meados do século XIX, mas também era, em parte, proibido, porque se podiam ver os babadinhos das anáguas[4] quando as moças levantavam as pernas." Frederico dá uma risadinha. "Muitos ▶ compositores de operetas incluíram em suas obras danças da época, como J. Offenbach, o cancã, e Johann ▶ Strauss (filho), a ▶ valsa vienense."

"Mas afinal, o que é uma opereta?", pergunta Clara. "Bem, na verdade, é como uma ▶ ópera pequena, só que o enredo geralmente é mais alegre e divertido. Além disso, na opereta não se canta apenas, mas também se fala e dança-se bastante. Depois de Paris, no final do século XIX, Viena se tornou o centro da opereta. Além disso, a opereta foi o ponto de partida para o surgimento do ▶ musical."

Operetas famosas

- *Orpheus in der Unterwelt* [Orfeu no inferno] (J. Offenbach)
- *Die Fledermaus* [O morcego] (J. Strauss, filho)
- *Der Zigeunerbaron* [O barão cigano] (J. Strauss, filho)
- *Der Bettelstudent* [O estudante mendigo] (K. Millöcker)
- *Der Vogelhändler* [O comerciante de pássaros] (C. Zeller)
- *Frau Luna* (P. Lincke)
- *Die lustige Witwe* [A viúva alegre] (F. Lehár)
- *Czárdásfürstin* [A princesa cigana] (E. Kálmán)
- *Boccaccio* (F. v. Suppé)
- *Der Vetter aus Dingsda* [O primo de não sei onde] (E. Künneke)
- *Das Land des Lächelns* [A terra do sorriso] (F. Lehár)

Cantores de opereta famosos

- Richard Tauber (1891-1948)
- Marika Rökk (1913-2004)
- Rudolf Schock (1915-96)
- Anneliese Rothenberger (1924-2010)
- Margit Schramm (1935-96)
- René Kollo (1937-)

---

4 Saia que as mulheres utilizavam debaixo do vestido, para aumentar seu volume. (N. E.)

O

Vista do camarote no teatro: *A flauta mágica,* de W. A. Mozart.

O

O

Opus — latim = obra / op.

Desde o século XV, *opus* é a designação de uma obra de arte musical. A partir do século XVII, as obras de um ➤ compositor foram numeradas na ordem de sua publicação. Desde ➤ Beethoven, a maioria dos compositores coloca, eles mesmos, números de opus em suas obras.

Oratório — latim *oratorio* = sala de oração

O oratório é uma ➤ composição de várias partes para ➤ coro, vozes individuais (➤ solo) e ➤ orquestra, com uma estrutura semelhante à ➤ ópera. Ao contrário dos temas profanos da ópera, porém, o oratório trata de temas principalmente bíblicos. Um narrador apresenta, nos ➤ recitativos, o conteúdo da história. Entradas da orquestra, ➤ árias e o coro completam o oratório, que geralmente não é apresentado cenicamente no palco, mas de modo concertante. O oratório surgiu no século XVII, na Itália, e se difundiu logo para toda a Europa. ➤ Händel o introduziu na Inglaterra e compôs muitas obras, como *O messias*, com o famoso *Aleluia*.

Oratórios famosos
- Oratório de Natal (J. S. Bach)
- O messias (G. F. Händel)
- A criação (J. Haydn)
- As quatro estações (J. Haydn)

Carl **Orff**

1895-1982
Compositor alemão

Algumas das obras mais famosas de Orff

- Carmina Burana, especialmente O fortuna
- *Die Kluge* [A mulher sábia] (ópera)
- *Das Orff-Schulwerk* [O método Orff]

"Oi, Clara! Tenho que levar minha irmãzinha para a ➤ escola de música. Você vem com a gente?", pergunta Frederico. "Tudo bem", responde a amiga. "Laura já toca algum instrumento?" "As crianças do grupo dela usam vários instrumentos rítmicos e de percussão (➤ famílias de instrumentos) como ➤ xilofone, carrilhão, ➤ triângulo, ➤ pratos, címbalos, guizeiras, chocalhos, ➤ pandeiros, ➤ tambores e ➤ tímpanos", explica Frederico. "Esses instrumentos não são chamados instrumentos Orff, do pedagogo musical Carl Orff?", quer saber Clara. "É", diz Frederico. "Carl Orff escreveu o *método Orff*, uma coletânea de peças com as quais as crianças são introduzidas na música de maneira lúdica. Para ele, era importante que as crianças conhecessem ritmo, movimento e música juntos — do mesmo modo que a educação musical infantil de Laura." "Além disso, Orff ficou mundialmente conhecido como ➤ compositor da *Carmina Burana*", completa Clara.

O

latim *organum* = ferramenta, instrumento

Órgão "Ontem fui com meus avós à igreja", diz Frederico. "Ouvimos um ▶ concerto de órgão. O vovô me explicou que um órgão grande de igreja pode ter milhares de *tubos* (▶ famílias de instrumentos). Alguns são do tamanho de um lápis, outros têm até dez metros. Estão organizados por *registros* em diversos andares. Registros são tubos com timbres semelhantes que imitam outros instrumentos, como flauta, ▶ trompete, ▶ tímpano, ▶ fagote, ▶ violino e até a voz humana."

"Mas como é que surge o som no órgão?", pergunta Clara. "O vovô contou que o som é produzido nos tubos através de uma corrente de ar que é introduzida", diz Frederico. "Antigamente, contratava-se uma pessoa que ficava pisando no fole do órgão sem parar. Hoje

O

Organistas famosos

- Johann Sebastian Bach (1685-1750)
- César Franck (1822-90)
- Anton Bruckner (1824-96)
- Camille Saint-Saëns (1835-1921)
- Max Reger (1873-1916)
- Helmut Walcha (1907-91)
- Olivier Messiaen (1908-92)
- Karl Richter (1926-81)
- Marie-Claire Alain (1926-2013)

isso é feito eletricamente. O organista toca em dois a quatro manuais (teclados) sobrepostos. Nos lados, há uma série de puxadores. São botões que podem ser puxados um pouquinho para fora para produzirem diferentes timbres. Fiquei surpreso com tantas vozes instrumentais que podem ser criadas no órgão. Com os pés, o organista toca em pedais que emitem sons bem graves."

"E há quanto tempo existem os órgãos?", quer saber Clara. "Os antecessores deles eram movidos à água (*Hydraulis*) e já existiam no século III a.C. Desde o século IX, o órgão é um instrumento religioso. *Gottfried Silbermann* (1683-1753) foi um famoso construtor de órgãos."

"Minha tia", conta Clara, "tem um órgão eletrônico em casa. Mas ela geralmente toca ➤ música pop."

O

Orquestra

grego *orchestra* = local de dança

"Você está com tempo hoje?", pergunta Clara ao amigo. "Não, sinto muito. Hoje à tarde tenho um ensaio com a *orquestra da escola*", responde Frederico. "Vamos apresentar um ➤ concerto antes das férias. Quer ver?" "Quero, claro. Que instrumentos vocês tocam na sua orquestra?", quer saber Clara. "Existem muitas ➤ flautas doces, dois ➤ violinos, uma ➤ viola, um ➤ violoncelo etc.; um garoto toca ➤ trompete e eu toco ➤ piano. Está vendo que grande misturada?", ri Frederico. "Tem razão!" Clara dá uma risadinha. "Uma *orquestra sinfônica* (➤ sinfonia) é bem diferente."

"Hoje entendemos orquestra como um conjunto de instrumentos que abrange diversos grupos de instrumentos. Mas você sabia que na Grécia antiga o termo

Plano normal das posições em uma orquestra sinfônica

Instrumentos de cordas
① Primeiros violinos
② Segundos violinos
③ Violas
④ Violoncelos
⑤ Contrabaixos
⑥ Harpas

Instrumentos de sopro de madeira
⑦ Flautas
⑧ Oboés
⑨ Clarinetes
⑩ Fagotes

Instrumentos de sopro de metal
⑪ Trompas
⑫ Trompetes
⑬ Trombones
⑭ Tuba baixo

Instrumentos de percussão
⑮ Tímpanos
⑯ Tambores pequenos e grandes
⑰ Pratos
⑱ Triângulo
⑲ Xilofone

O

orchestra foi usado para o lugar semicircular diante do palco? Era o local de dança do ➤ coro", conta Frederico. "Hoje, no teatro de ➤ ópera, isso é o lugar dos músicos. Porém, esse lugar fica mais baixo que o palco e, por isso, se chama *fosso da orquestra*", completa Clara. "Assim o espectador tem visão total do palco."

"Você sabia que eu toco já há algum tempo na orquestra de flautas? Eu conheço outras formas de orquestra, como *a orquestra filarmônica, orquestra de ópera, orquestra de câmara* (➤ música de câmara), *orquestra de cordas, orquestra de sopros, orquestra de* ➤ *jazz* e a *unterhaltungsorchester*[5]. "Pare, chega! Diga-me agora: quem dirige uma orquestra?", intervém Frederico. "É o ➤ regente, claro!"

---

5 A tradução é "orquestra de entretenimento", que não existe em português. (N. R. T.)

Ostinato

Latim *ostinato* = obstinado

Ostinato é uma figura melódica ou rítmica, geralmente em ▶ baixo, que é repetida constantemente; por isso, fala-se também *basso ostinato*. Em peças instrumentais barrocas (▶ Barroco), como a *passacaglia* e a *chacona*, o ostinato desempenha um papel muito importante. J. S. ▶ Bach estruturou sua famosa passacaglia em dó maior para ▶ órgão sobre o seguinte tema ▶ baixo, que se repete 20 vezes:

No ▶ jazz, o ▶ boogie-woogie tem uma figura em baixo ostinato que é muito popular:

Ouverture

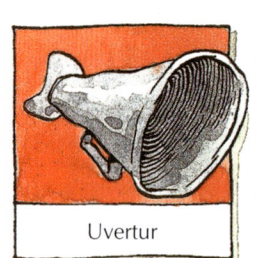

francês *ouverture* = abertura

Uvertur

A *ouverture* é uma peça instrumental que introduz obras cênicas (▶ ópera, ▶ balé), obras vocais (▶ cantata, ▶ oratório) ou ▶ suítes. A partir do século XVIII, tornou-se comum apresentar os ▶ motivos e ▶ temas musicais mais importantes de uma ópera, por exemplo, já na ouverture, para introduzir o público à obra. No século XIX, surgiram também as *ouvertures de concerto* (▶ concerto), peças instrumentais independentes, que não têm relação com a obra seguinte.

P

Niccolò **Paganini**

1782-1840
Compositor italiano

Paganini foi um dos maiores ▶ virtuoses de ▶ violino de todos os tempos. Realizou ▶ concertos em toda a Europa e inventou muitas técnicas novas para tocar violino. Em razão de sua aparência (era magro e tinha olhos escuros, faiscantes) e sua música fogosa, o público denominou-o *violinista diabólico*. Fez fama também como ▶ compositor; principalmente os 24 ▶ caprichos para violino ▶ solo, considerados ainda hoje o máximo da técnica em violino. Muitos compositores, como ▶ Schumann, ▶ Liszt e ▶ Brahms, admiravam tanto suas obras que utilizaram seus temas (▶ tema) e compuseram ▶ variações.

Paixão

latim *passio* = sofrimento

A "paixão" é a história do sofrimento de Jesus Cristo musicada, conforme textos dos quatro evangelistas do Novo Testamento. Assim como o ▶ oratório, a paixão trabalha com textos religiosos. As obras mais formidáveis desse tipo são a *Paixão segundo São João* e a *Paixão segundo São Mateus*, de J. S. ▶ Bach.

Palheta

A palheta é uma "língua" elástica de junco que fica no bocal de alguns instrumentos de sopro (▶ famílias de instrumentos). Serve para produzir o som. A *palheta simples* (▶ clarinete, ▶ saxofone) vibra com a corrente de ar soprado e toca a margem do bocal. No caso da *palheta dupla* (▶ fagote, ▶ oboé), as duas folhinhas batem uma contra a outra.

Palheta simples   Palheta dupla

P

Pandeiro

O pandeiro é um pequeno ➤ tambor com pele em um dos lados e com soalhas ou guizos presos na lateral de madeira (➤ famílias de instrumentos). Na Itália, usa-se o pandeiro na dança da ➤ tarantela; ele é brandido no ar ou percutido com a palma das mãos, dedos, cotovelos, joelhos ou no chão.

francês

Partitura

latim *partire* = dividir, partir

A partitura é uma anotação por escrito de uma obra em várias vozes, as quais são organizadas, ➤ compasso por compasso, numa certa sequência, uma abaixo da outra. Geralmente, as vozes são organizadas em uma partitura conforme os grupos de instrumentos (➤ famílias de instrumentos) e, dentro de cada grupo, de acordo com a altura dos instrumentos (alto — grave).

- Instrumentos de sopro de madeira
  (➤ flauta transversal, ➤ oboé, ➤ clarinete, ➤ fagote);
- Instrumentos de sopro de metal
  (➤ trompa, ➤ trompete, ➤ trombone, ➤ tuba);
- Instrumentos de percussão
  (➤ tímpano, ➤ triângulo, ➤ tambor, ➤ pratos etc.);
- Instrumentos de cordas
  (➤ violino, ➤ viola, ➤ violoncelo, ➤ contrabaixo).

Se as vozes do coral também fizerem parte, elas são colocadas entre os instrumentos de percussão e de cordas (➤ soprano, ➤ alto, ➤ tenor, ➤ baixo). Com a ajuda de uma partitura, o ➤ regente pode acompanhar a execução de uma peça musical cuidadosamente.

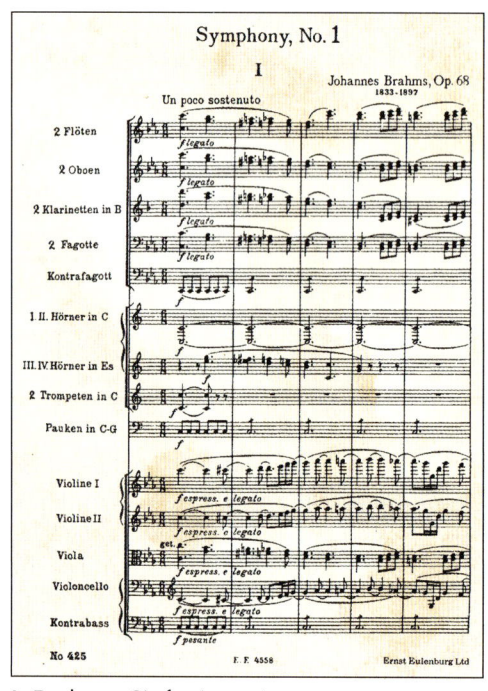

J. Brahms: Sinfonia nº 1, primeiro movimento.

Percussão

Percussionistas famosos

- Gene Krupa (1909-73)
- Ginger Baker (1939-)
- Billy Cobham (1944-)
- Simon Phillips (1957-)

A percussão (▶ famílias de instrumentos) é uma denominação abrangente para os instrumentos rítmicos na ▶ orquestra. Pertencem à percussão: ▶ tímpano, ▶ tambor, ▶ triângulo, ▶ pratos, ▶ xilofone, vibrafone, carrilhão, carrilhão de orquestra, gongo e celesta. No ▶ jazz, ▶ rock e ▶ pop, há uma composição especial dos instrumentos de percussão (ver foto), também chamada de "bateria".

Bateria

P

Piano¹

italiano = suave

p

Piano é uma ▶ indicação de dinâmica e significa: suave. O contrário é ▶ forte. Aumentos de piano são:
- *pianissimo* (***pp***) = muito suave.
- *piano pianissimo* (***ppp***) = o mais suave possível.

Piano²

"Clara, você precisa vir à minha casa sem falta!", diz Frederico. "Ganhei um piano novo. O velho não dava mais para consertar. O vendedor do piano me deu um livrinho de presente, com tudo o que se deve saber sobre pianos (▶ famílias de instrumentos)." "Legal", diz Clara. "Desde quando existe o piano?"

"O piano foi desenvolvido em 1709 na Itália por Bartolomeo Cristofori. No meu livrinho, há ilustrações dos antecessores do piano: um ▶ clavicórdio, um ▶ cravo, uma ▶ espineta e também um ▶ órgão.

Você sabia que quando se tocam as teclas as cordas que estão dentro do piano são percutidas por martelinhos de feltro?" "Sei", diz Clara, "uma vez nosso professor de música na escola abriu o piano na frente e então vi as cordas com os martelinhos. Ele explicou por que o piano também é chamado de pianoforte. *Pianoforte* é a abreviação de *Gravicembalo col piano e forte*, nome que Cristofori havia dado ao piano dele, que significa:

Pianistas famosos
- Frédéric Chopin (1810-49)
- Franz Liszt (1811-86)
- Clara Schumann (1819-96)
- Sergei Rachmaninoff (1873-1943)
- Artur Rubinstein (1887-1982)
- Wilhelm Kempff (1895-1991)
- Clara Haskil (1895-1960)
- Claudio Arrau (1903-91)
- Vladimir Horowitz (1903-89)
- Svjatoslav Richter (1915-97)
- Arturo Benedetti Michelangeli (1920-95)
- Alfred Brendel (1931-)
- Martha Argerich (1941-)
- Maurizio Pollini (1942-)
- Justus Frantz (1944-)
- Ivo Pogorelich (1958-)

grande cravo no qual se pode tocar suave (▶ piano) *e forte* (▶ forte) — e todas as gradações entre eles. Isso era muito especial porque no cravo tradicional não são possíveis transições paulatinas entre suave e forte (▶ crescendo, ▶ decrescendo)."

"Puxa, você sabe um monte de coisas sobre o piano", diz Frederico, admirado. "O piano tem normalmente dois *pedais*. Quando se pisa no pedal direito levantam-se os abafadores das cordas, de modo que todas elas vibram livremente. Esse pedal é utilizado para dar duração e ressonância ao som. Com o pedal da esquerda o som é abafado, ou seja, fica mais baixo e suave."

"Mas quantas teclas tem um piano?", pergunta Clara. "Geralmente 88", diz Frederico. "O piano cujas cordas correm na direção das teclas (horizontalmente) é chamado de *piano de cauda*.

Piano

Piano de cauda

P

Pianoforte   *Pianoforte* é outra denominação para o instrumento ▶ piano.

Pintura com som   Clara e Frederico encontram-se depois da escola, no caminho para casa. "Oi, Frederico. Você sabia que a gente pode pintar com música? Hoje, na aula de música, falamos de pintura com som." "Acho que sei do que você está falando. Mas conte mais!"

Clara começa: "A música pode, por exemplo, imitar ou pintar ruídos da natureza. Nós ouvimos a 'música da tempestade', de Vivaldi, Rossini e Richard Strauss. Foi bem emocionante ouvir como os ▶ compositores representaram o trovão, a tempestade e até os raios com meios musicais". "Agora estou me lembrando de um exemplo de pintura com som", diz Frederico. "▶ Beethoven imita, em sua ▶ Sinfonia nº 6 (Pastoral), diversas vozes de pássaros, como o rouxinol e o cuco." "Especialmente na música programática (música que pretende contar ou descrever algo determinado), muito apreciada no ▶ Romantismo, os compositores trabalham a pintura com música", completa Clara. "Quer ouvir *O Moldava* hoje à tarde, na minha casa? Nessa ▶ composição, Smetana descreve musicalmente a trajetória do rio: primeiramente ouvem-se apenas duas pequenas nascentes. Depois, o Moldava passa por prados e florestas, forma um redemoinho, fica cada vez mais forte e flui como um rio largo até Praga." "Isso soa bem", opina Frederico. "Às três, vou à sua casa."

Pizzicato   *Pizzicato* indica um modo de tocar instrumentos de cordas (▶ famílias de instrumentos). As cordas aqui não devem ser tocadas com o arco, mas pinçadas com os dedos. A indicação é suspensa novamente com o termo *coll'arco* (com o arco).

italiano *pizzicare* = pinçar

pizz.

P

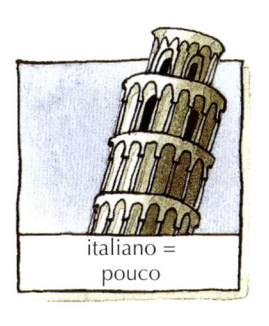

Poco *Poco* é um acréscimo de uma ▸ indicação de dinâmica, andamento ou intensidade e significa "um pouco".
- *poco allegro* = um pouco rápido.
- *poco a poco* = pouco a pouco, paulatinamente.
- *poco a poco crescendo* = ficar mais forte pouco a pouco.

italiano = pouco

Polca A polca é uma dança animada para pares em ▸ compasso 2/4, surgida por volta de 1830 na Boêmia (atual República Tcheca). Essa dança camponesa rapidamente conquistou os salões de baile europeus e tornou-se uma dança social popular no século XIX. Os pares formam um grande círculo e dançam seus passos no sentido anti-horário. A polca também pode ser encontrada na música erudita, por exemplo, em Smetana. Johann ▸ Strauss (filho) compôs a famosa *Polca Trish-Trash*.

Polifonia A polifonia é a denominação da textura, quando várias vozes são executadas ao mesmo tempo e de modo independente.

O contrário de polifonia é ▸ homofonia. J. S. ▸ Bach foi um mestre da ▸ composição de peças musicais polifônicas. As formas polifônicas mais importantes são o ▸ cânone e a ▸ fuga.

grego *polyphonia* = polifonia, várias vozes

P

Polonaise

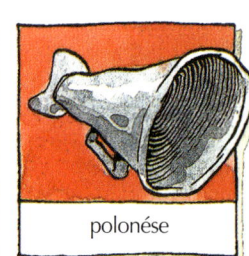

francês = dança polonesa

polonése

Polonaise é uma dança de passos solene, a dois, da Polônia, que provavelmente surgiu no século XVI, a partir de uma dança camponesa. Na corte polonesa, era conhecida como uma dança de reverência da nobreza diante do rei. Os pares colocavam-se em fila e seguiam o primeiro par, que podia determinar o caminho. Geralmente, a dança passava, primeiro, em frente ao rei.

A polonaise acontece em ▶ compasso ¾ e tem ritmo acentuado. Muitos ▶ compositores famosos compuseram polonaises que não eram dançadas, mas apresentadas na sala de concerto, como J. S. ▶ Bach, ▶ Mozart, ▶ Beethoven, ▶ Schubert, ▶ Schumann, ▶ Liszt e principalmente ▶ Chopin. ▶ Tchaikovsky compôs polonaises para seus ▶ balés *O lago dos cisnes* e *A bela adormecida*.

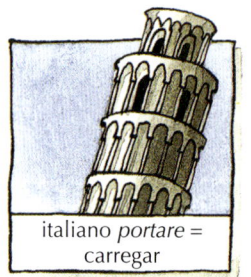

Portato

italiano *portare* = carregar

Portato é uma ▶ indicação de dinâmica e significa solene, largo, acentuado individualmente.

P

Prato O prato é um instrumento musical em forma de prato, de metal, percutido por uma baqueta (► famílias de instrumentos). Dois pratos também podem ser percutidos um contra o outro.

Prelúdio O prelúdio é uma peça instrumental introdutória sem uma forma estabelecida. J. S. ► Bach combinou, em sua famosa obra *O cravo bem temperado*, o prelúdio livre com a ► fuga, de estrutura rígida, e compôs 24 prelúdios e fugas em todas as ► tonalidades. Nos séculos XIX e XX, o prelúdio ganhou nova importância como peça instrumental independente. ► Chopin compôs 24 prelúdios ► opus 28.

latim *praeludium* = prelúdio

Presto *Presto* é uma ► indicação de andamento e significa: muito rápido, mais rápido do que ► allegro (► metrônomo). Com *presto* caracteriza-se uma peça musical em ► tempo muito rápido. O aumento de presto é *prestissimo* = tão rápido quanto possível.

italiano = rápido

Q

Quarteto

latim *quater* = quatro vezes

"Frederico, quer jogar cartas? Ganhei um jogo de cartas novo. A gente precisa juntar quatro figuras de um tema para completar um quarteto." Clara mostra as cartas ao amigo. "Na música também existem quartetos", diz Frederico. "Quatro músicos que tocam, cada um, seu instrumento formam um quarteto. Quando dois ➤ violinos, uma ➤ viola e um ➤ violoncelo tocam juntos, chamamos de *quarteto de cordas*. Mas também existe o *quarteto de sopro* para quatro instrumentos de sopro iguais ou diferentes, e o *quarteto com piano*, formado por ➤ piano, ➤ violino, ➤ viola e ➤ violoncelo. Quatro cantores também formam um quarteto. E uma peça musical para quatro músicos também se chama quarteto." "Sei", diz Clara, "na escola estamos tocando um quarteto de flautas."

Q

Quinteto "Você já ouviu o *Quinteto da truta* de ➤ Schubert?", pergunta Frederico à amiga. "Já, meus pais têm uma gravação em CD", responde Clara. "É tocado por um ➤ piano, um ➤ violino, uma ➤ viola, um ➤ violoncelo e um ➤ contrabaixo." "Sei", diz Frederico. "Esse grupo musical é chamado de quinteto, porque cinco músicos tocam juntos. E a música que eles tocam é chamada também de quinteto. Existem, por exemplo, quintetos de sopro, quintetos de cordas e quintetos para piano."

latim *quinque* = cinco

R

Ragtime

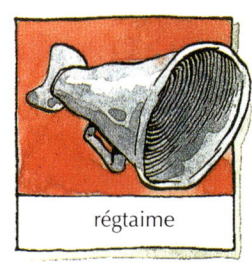

inglês = compasso sincopado, rasgado

régtaime

Compositores famosos de ragtime
- Scott Joplin (1868-1917)
- Tom Turpin (1872-1922)
- James Scott (1886-1938)

"Hoje na aula de música a gente aprendeu sobre o ragtime", conta Frederico à amiga Clara. "É uma das primeiras formas do ➤ jazz." "Que tipo de música é?", pergunta Clara. "O ragtime é um estilo pianístico que surgiu por volta de 1880, no centro-oeste dos Estados Unidos, como uma imitação do ritmo da música do ➤ banjo. Combina elementos da música europeia e afro-americana. Você não conhece o *Entertainer*, de Scott Joplin? É certamente o rag mais famoso." "Claro", diz Clara, "agora sei como é o som de um ragtime." "Na melodia aparecem muitas ➤ síncopes", explica Frederico, "e o acompanhamento é uma alternância constante entre ➤ tom baixo e ➤ acorde. Ah, renomados pianistas de ragtime registravam suas peças nos *player rolls*. São gabaritos perfurados de papel grosso enrolados num cilindro giratório. Um rolo desses era colocado em um ➤ piano mecânico e então se podia ouvir a música como num passe de mágica." "Muito cômodo", diz Clara. "Você bem que gostaria de ter um desses pianos mecânicos na sua aula de piano, não é?"

Rallentando

italiano = tornando-se mais lento

rall./rallent.

Rallentando é uma ➤ indicação de andamento e significa: reduzindo a velocidade.

R

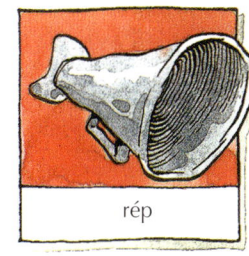

inglês *to rap* = bater

rép

Rap O rap é um estilo da música ➤ rock e ➤ pop. Surgiu no final dos anos 1970, nas grandes cidades dos Estados Unidos, entre os adolescentes negros. O rap é caracterizado por fala rápida, fortemente ritmada, acompanhada de música que se compõe principalmente de figuras da ➤ percussão e diversos sons breves instrumentais. Do rap deriva o *hip-hop* que a geração jovem seguinte, de negros e brancos, desenvolveu.

Realejo Clara foi à cidade com sua mãe. No final de uma rua comercial, elas veem um homem com uma caixa sobre rodas. Quando o homem gira uma manivela, uma música soa. "O homem do realejo!", exclama Clara. "Vamos lá ver!"

A caixa tem tubos semelhantes aos de um ➤ órgão. A mãe explica: "Com o girar da manivela, os foles dentro do realejo recebem ar e um cilindro melódico começa a girar. Ele tem pinos ou orifícios pelos quais as válvulas dos tubos se abrem. Assim, o ar pode entrar nos tubos e produzir sons".

"Uma válvula é um tipo de tampa de um orifício para que o ar não escape — igual à minha boia da piscina, não é?", pergunta Clara. "Sim", a mãe concorda. "Pela variação da ordem dos pinos ou orifícios surgem as ➤ canções. O realejo já era um instrumento apreciado pelos músicos de rua por volta de 1700. Pertence à família dos instrumentos musicais mecânicos (➤ famílias de instrumentos)."

Clara tira dinheiro da sua carteira. "Posso dar o dinheiro para ele?" "Claro!", diz a mãe.

R

Recitativo

O recitativo é uma forma de declamação. Surgiu por volta do ano 1600, juntamente com a ▶ ópera. Em recitativos que são apresentados por solistas de canto (▶ solo), conta-se o enredo da ópera. O recitativo é acompanhado apenas pelo ▶ cravo ou pela ▶ orquestra e, frequentemente, é seguido de uma ▶ ária. Há recitativos também em ▶ cantatas e ▶ oratórios.

latim *recitare* = recitar

Regente/maestro

latim *dirigere* = dirigir

"Clara, você sabe o que faz um regente?", pergunta Frederico. "Claro que sei", ela responde. "Ele usa um fraque preto, fica diante de uma grande ▶ orquestra e mostra aos músicos, com sua batuta, como eles devem tocar." "Certo", diz Frederico. "Às vezes, mesmo sem batuta, ele determina com vários movimentos de mão e braço o ▶ compasso, o ▶ tempo e a ▶ dinâmica." "Sim", diz Clara, "e ele também tem de dar a ordem para os músicos recomeçarem a tocar, após uma pausa maior em uma música!" Frederico concorda.

"A propósito, no ▶ Barroco não se usava ainda a batuta como acontece hoje. O compasso era determinado pela batida de um bastão no chão, ou a ▶ orquestra era conduzida pelo ▶ cravo ou pelo ▶ violino. Carl Maria von Weber e Felix Mendelssohn Bartholdy foram dois dos primeiros maestros que regeram usando uma batuta."

Regentes famosos

- Gustav Mahler (1860-1911)
- Arturo Toscanini (1867-1957)
- Wilhelm Furtwängler (1886-1954)
- Karl Böhm (1894-1981)
- Herbert von Karajan (1908-89)
- Leonard Bernstein (1918-90)
- Kurt Masur (1927-)
- Lorin Maazel (1930-2014)
- Claudio Abbado (1933-2014)
- Daniel Barenboim (1942-)
- James Levine (1943-)
- Simon Rattle (1955-)
- Zubin Mehta (1936-)

Leonard Bernstein

James Levine

Herbert von Karajan

R

Reggae

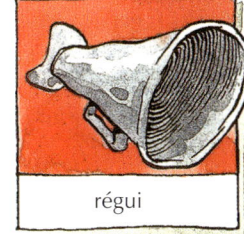

O *reggae* foi, originalmente, uma música popular da população negra jamaicana. A partir de 1970, mais ou menos, tornou-se corrente na música ▶ rock.

inglês

régui

Famoso músico de reggae
- Bob Marley (1945-81)

Renascimento

Renascimento significa *nascer de novo* ou restaurar. A restauração de antigos estilos artísticos sempre existiu e ainda existe na arte e música. Na música, ela ocorreu entre os séculos XV e XVII, época em que, entre outras coisas, a cultura da Grécia antiga foi redescoberta. Os centros musicais importantes localizavam-se nos Países Baixos (denominação para o conjunto de países formado pela Holanda, Bélgica, Luxemburgo e partes do norte da França) e, mais tarde, também na Itália. Nesse período, a música polifônica vocal atingiu seu ápice, e a música instrumental, que até então desempenhara apenas um papel secundário, também ganhou importância. No século XVI surgiu, com a reforma da Igreja por Martinho Lutero, um tipo de música sacra própria evangélica representada pelo ▶ coral.

francês

Compositores famosos do Renascimento
- Heinrich Isaac (por volta de 1450--1517)
- Giovanni Pierluigi da Palestrina (por volta de 1525-94)
- Orlando di Lasso (por volta de 1532-94)
- Michael Praetorius (1571-1621)

Púlpito de cantores em Florença, século XV.

139

R

Ritardando

italiano = retardando

rit./ritard.

Ritardando é uma ▶ indicação de andamento e significa "tornando-se mais lento".

Rock

norte-americano

"Ontem, meu irmão mais velho foi a um show de rock", diz Frederico. "Ele me contou que muitas bandas de rock famosas tocaram. Foram estilos bem diferentes, por exemplo, *hard rock*, *soft rock* e *heavy metal*."

"Que instrumentos os roqueiros tocam?", pergunta Clara. "Principalmente ▶ guitarra elétrica, ▶ baixo elétrico, ▶ teclado e, claro, ▶ percussão", explica Frederico. "Normalmente os dois guitarristas também são os cantores da banda. Meu irmão sempre escuta seus CDs de rock no último volume; o ritmo me faz tremer!"

"Você sabe desde quando existe o rock?", quer saber Clara. "O rock já era a música dos nossos pais nos anos 1970. Ele se manteve até hoje e evoluiu em parte. As origens vieram do ▶ rock'n'roll dos anos 1950 e do ▶ beat dos anos 1960. Em geral, as letras faziam dura crítica às condições políticas e sociais da época."

Roqueiros e bandas famosos

- Jimi Hendrix (1942-70)
- Joe Cocker (1944-2014)
- Eric Clapton (1945-)
- The Rolling Stones (criada em 1962)
- Pink Floyd (criada em 1965)
- Scorpions (criada em 1965)
- Santana (criada em 1967)
- Led Zeppelin (criada em 1968)
- Deep Purple (criada em 1968)
- Queen (criada em 1970)
- AC-DC (criada em 1974)
- Metallica (criada em 1981)
- Bon Jovi (criada em 1983)
- Nirvana (criada em 1987)

Rock'n'roll

norte-americano

Músicos famosos de rock'n'roll
- Chuck Berry (1926-)
- Bill Haley (1927-81)
- Elvis Presley (1935-77)
- Little Richard (1935-)
- Jerry Lee Lewis (1935-)

"Quer que eu mostre como se dança o rock'n'roll?", pergunta Clara ao amigo. "Meu pai me ensinou." "A gente poderia tentar", responde Frederico. "Acho a música legal mesmo. Você tem a música *Rock around the clock* em CD?" "Sim", diz Clara, "meu tio tem uma coleção enorme de CDs. De vez em quando ele me empresta alguns. Ele contou que o rock'n'roll surgiu no começo dos anos 1950 a partir do *rhythm & blues*, um estilo de ▶ blues dos negros dos Estados Unidos, e do *country & western*, um estilo musical dos brancos. Adoro dançar rock'n'roll. As partes com acrobacia são as mais divertidas." "O rock'n'roll foi o ponto de partida para o surgimento das músicas ▶ pop e ▶ rock", completa Frederico.

Elvis Presley

R

Romantismo

Compositores românticos famosos

- Carl Maria von Weber (1786-1826)
- Franz Schubert (1797-1828)
- Felix Mendelssohn Bartholdy (1809-47)
- Frédéric Chopin (1810-49)
- Robert Schumann (1810-56)
- Franz Liszt (1811-86)
- Richard Wagner (1813-83)
- Giuseppe Verdi (1813-1901)
- Bedřich (Friedrich) Smetana (1824-84)
- Anton Bruckner (1824-96)
- Johann Strauss filho (1825-99)
- Johannes Brahms (1833-97)
- Georges Bizet (1838-75)
- Modest Mussorgsky (1839-81)
- Peter Ilitch Tchaikovsky (1840-93)
- Antonín Dvořák (1841-1904)
- Edvard Grieg (1843-1907)

O Romantismo é um movimento na história da música que ocorreu de 1820 a 1900, mais ou menos. Foi a época em que os ➤ compositores se deixaram influenciar mais intensamente pela imaginação, pelos sentimentos e por tudo o que fosse fantasioso. No Romantismo, a música programática (música que quer contar ou descrever algo, ➤ pintura musical) evoluiu para um gênero independente. Grandes ➤ sinfonias e ➤ óperas eram apreciadas, e surgiu, então, a música de salão. A ➤ canção erudita alemã — lied — atingiu seu ápice. Os compositores do chamado Romantismo tardio, que atuaram na passagem do século, como Gustav Mahler e Richard Strauss, são considerados os precursores da ➤ música moderna.

R

Rondó O *rondó* é uma peça musical na qual a seção principal A (= refrão; ➤ tema) retorna várias vezes, invariável, alternando com diversas seções subsidiárias B, C, D etc. Pode, por exemplo, ter a seguinte forma: A-B-A-C-A-D-A etc., e, nesse caso, se chama *rondó clássico*. O rondó surgiu nessa forma na França (francês: *rondeau*). Foi muito difundido nos séculos XVII e XVIII. No ➤ Classicismo e no ➤ Romantismo, o rondó aparece frequentemente como o ➤ movimento final de uma ➤ sonata ou ➤ sinfonia.

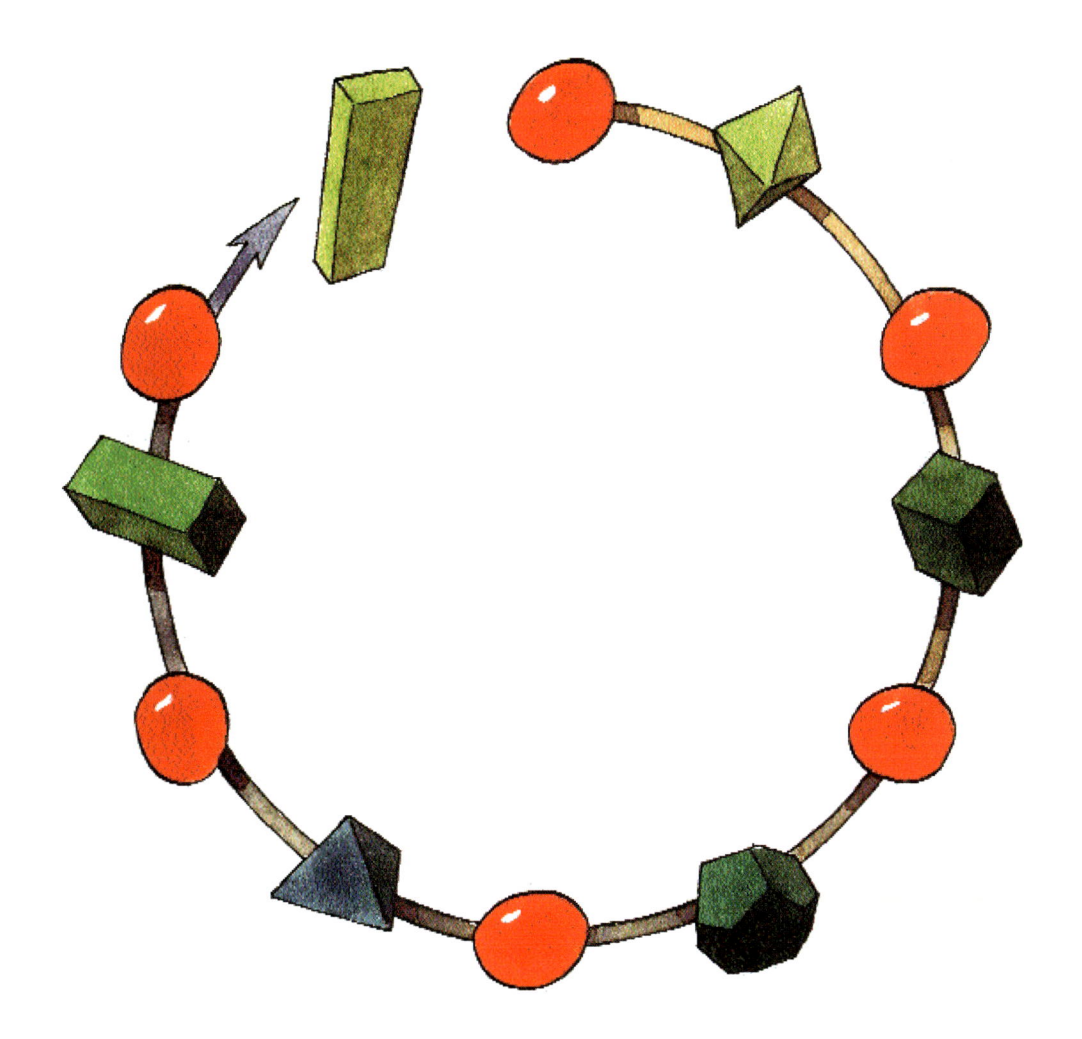

italiano

143

S

Sarabanda A sarabanda é uma dança cortesã processional lenta, em ▶ compasso ³/₂ ou ³/₄, que foi muito difundida em toda a Europa nos séculos XVII e XVIII. É parte fixa da ▶ suíte. A sarabanda tem origem na dança espanhola *zarabanda* (possivelmente também do México), selvagem, fogosa, que era dançada a dois, com castanholas. No final do século XVI, o rei espanhol Felipe I e a Igreja proibiram essa dança descontraída.

espanhol *zarabanda*

Saxofone O saxofone é um instrumento de sopro de metal; porém, pertence ao grupo dos instrumentos de sopro de madeira (▶ famílias de instrumentos), porque o bocal (como no ▶ clarinete) é dotado de uma ▶ palheta simples. O saxofone foi desenvolvido pelo construtor de instrumentos belga *Adolphe Sax*, em 1841, e recebeu daí seu nome. De início, foi utilizado na música militar e, mais tarde, também na ▶ orquestra. A partir de 1920, foi bastante utilizado no ▶ jazz e depois nas músicas ▶ rock e ▶ pop. O saxofone é construído em diversas vozes (▶ soprano, ▶ alto, ▶ tenor, ▶ barítono). Possui um tubo reto ou (em voz mais grave) um tubo curvo.

Saxofonistas famosos
- Charlie Parker (1920-55)
- John Coltrane (1926-67)
- Ornette Coleman (1930-2015)

Saxofone tenor

Saxofone soprano

S

Franz **Schubert**

1797-1828
Compositor austríaco

O que Schubert compôs

- Mais de 600 canções, 3 ciclos de canções
- 8 sinfonias
- Música para piano
- Música de câmara
- Missas, música coral
- Óperas

Algumas de suas obras mais famosas

- Canções: *Gretchen am Spinnrade* [Gretchen à roca], *Heidenröslein, Erlkönig* [rei dos elfos], Ave Maria, *Ständchen* [serenata], *Der Lindenbaum* (*Am Brunnen vor dem Tore*) [A tília, junto à fonte diante do portão]
- Ciclos de canções: *Die schöne Müllerin, Winterreise, Schwanengesang* [O canto dos cisnes]
- Sinfonias: A inacabada, Sinfonia em dó maior — A grande
- Piano: *Wandererfantasie, Moments musicaux, Impromptus,* Marcha militar nº 1 (a quatro mãos)
- Música de câmara: *Der Tod und das Mädchen* [A morte e a donzela] (quarteto de cordas), *A truta*
- *Deutsche Messe* [missa alemã]

Clara volta da escola para casa cantando:

Um menino viu um pé de rosa

Rosa na charneca

A mãe cantarola baixinho. "Antigamente a gente também cantava a *Lied Heidenröslein* [Rosinha do silvado]." Clara conta: "Hoje aprendemos essa canção na aula de música. Você sabia que o famoso escritor Johann Wolfgang von Goethe escreveu a letra?". "Sim", responde a mãe, "e a música foi composta por Franz Schubert. Uma ➤ canção assim, para solista (➤ solo), acompanhada ao ➤ piano, é chamada de música erudita." "Não foi Schubert quem compôs muitas canções?", pergunta Clara. "Pode-se dizer que sim: mais de 600!", explica a mãe. "De vez em quando se reuniam várias canções sobre um mesmo tema. Assim surgiram os ciclos de canções como *Die schöne Müllerin* [A bela moleira] (20 canções) ou *Winterreise* [Viagem de inverno] (24 canções)."

"Schubert compôs outras obras além das canções?", pergunta Clara. "Sim", diz a mãe, "oito ➤ sinfonias, missas, inúmeras obras para piano, ➤ música de câmara e algumas ➤ óperas que, no entanto, não são mais apresentadas hoje em dia."

"Então ele viveu bastante", diz Clara, admirada. "Pelo contrário!", conta a mãe. "Schubert morreu com apenas 31 anos. Mas enquanto viveu pôde se dedicar totalmente à ➤ composição, porque tinha amigos que o ajudavam financeiramente. Ele preferia compor música para seu grupo de amigos, formado por músicos, escritores e pintores. Nas noites de sarau (as chamadas *schubertíades*), Schubert tocava para eles suas obras novas."

S

Schubertíade: Schubert toca para seus amigos.

Robert **Schumann**

1810-56
Compositor alemão

O que Schumann compôs

- 4 sinfonias
- Concertos
- Óperas para piano
- Canções (entre outras, com textos de J. von Eichendorff e H. Heine)
- Música de câmara
- Obras orquestrais e vocais
- Música para o palco

Algumas de suas obras mais famosas

- Sinfonias nº 1 *Frühlingssinfonie* [Sinfonia da primavera] e nº 3 *Die Rheinische* [Renana]
- Concerto para piano em lá menor
- Concerto para violoncelo em lá menor
- *Kinderszenen* [Cenas infantis], incluindo *Träumerei* [Devaneios] (piano)
- *Album für die Jugend* [Álbum para a juventude] (piano), incluindo *Fröhlicher Landmann* [Camponês feliz] e *Wilder Reiter* [Cavaleiro selvagem]
- *Dichterliebe* [Amor de poeta] (ciclo de canções), incluindo *Im wunderschönen Monat Mai* [No maravilhoso mês de maio]
- *Liederkreis* op. 39, incluindo *Mondnacht*

Clara ouve seu amigo tocar ➤ piano por um tempo e depois diz: "Mas essa música é muito selvagem. Parece que um cavaleiro está caindo do cavalo!". Frederico para de tocar. "Você é vidente? A peça se chama *Cavaleiro selvagem* e faz parte do Álbum para a juventude, de Robert Schumann. Nessa música meus dedos têm de dar saltos de galope..." "Tomara que eles não se machuquem", diz Clara, rindo.

Frederico fica sério de novo e conta: "Schumann, quando jovem, destruiu sua carreira como pianista por causa de muita ambição. Para deixar os dedos da mão direita mais flexíveis, ele construiu para si um aparelho de exercício. Assim, ele exigiu demais dos músculos e teve paralisia permanente". "Puxa, que horror! Mas ele ainda conseguiu compor, não é?", pergunta Clara. "Sim, ainda bem!", conta Frederico. "Ele se casou com a famosa pianista e ➤ compositora Clara Wieck (1819-96), para quem ele dedicou muitas de suas ➤ composições. Na *Nova Revista de Música*, fundada por Schumann em 1834, ele apoiou jovens com talento musical, entre eles ➤ Brahms, com quem teve uma profunda amizade."

Aparelho de exercício para os dedos, na época de Schumann.

S

Sempre *Sempre* é usado como acréscimo a ➤ indicações de dinâmica, por exemplo, *sempre legato* = sempre ligado.

italiano

Senza *Senza* é usado como acréscimo a ➤ indicações de dinâmica, por exemplo:
- *senza pedale* = sem pedal;
- *senza sordino* = sem surdina.

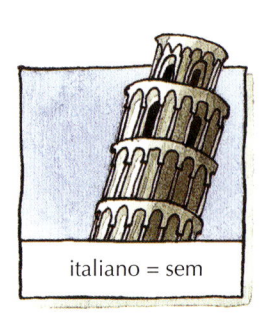

italiano = sem

Sforzato Ver ➤ forzato.

Símile *Símile* é uma indicação usada na ➤ notação musical para "toque como antes".

italiano = semelhante

sim.

Sinal de alteração/acidente

Sinais de alteração são os sinais diante de uma nota que a elevam ou abaixam. Eles são chamados também de *acidentes* e valem para todo o compasso. O acidente ♭ abaixa e o acidente ♯ (*cruz*) eleva a nota em um semitom (➤ escala tonal).

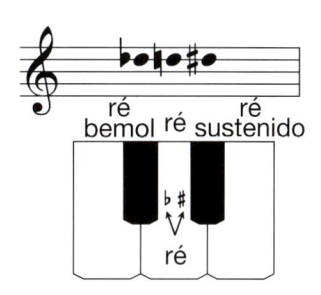

O *bequadro* ♮ cancela um sustenido ou bemol anterior.

Síncope

A *síncope* surge pelo deslocamento regular de cada tempo em padrão cadenciado sempre no mesmo valor, à frente ou atrás de sua posição normal no ➤ compasso. A síncope tem um papel importante no ➤ jazz.

Exemplo:

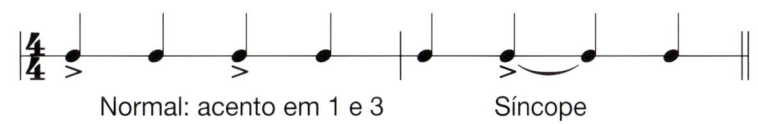

Normal: acento em 1 e 3   Síncope

Assim surge o padrão rítmico: breve-longo-breve.

Exemplo:

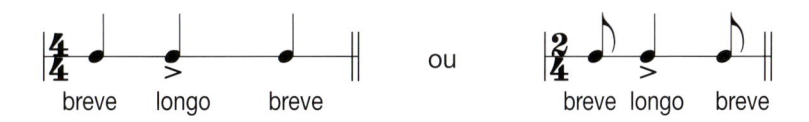

breve longo breve   ou   breve longo breve

grego *synkopé* = contrair

S

grego *symphonia* = som conjunto

Sinfonia Usava-se o termo *sinfonia* nos séculos XV e XVI, de forma geral, para *música*. No começo do século XVII, a sinfonia se tornou denominação para prelúdios instrumentais, por exemplo, para uma ▶ ópera ou um ▶ oratório. Em meados do século XVIII, evoluiu para uma obra orquestral (▶ orquestra) com três a quatro movimentos (▶ movimento) em tempos variados (▶ tempo). ▶ Haydn é considerado o criador da sinfonia clássica (▶ Classicismo). Ele compôs 104 sinfonias, ▶ Mozart compôs mais de 50 e ▶ Beethoven, 9, que são consideradas os ápices desse gênero. Quase todos os compositores do ▶ Romantismo criaram sinfonias: ▶ Schubert (8), Mendelssohn Bartholdy (5), ▶ Schumann (4), Bruckner (9), ▶ Brahms (4) e Mahler (10).

Sinfonias famosas
- Sinfonia surpresa (J. Haydn)
- Sinfonia nº 40 em sol menor (W. A. Mozart)
- Sinfonia Júpiter (W. A. Mozart)
- Sinfonia nº 3 (Heroica), nº 5, nº 6 (Pastoral), nº 9 (L. van Beethoven)
- Sinfonia inacabada (F. Schubert)
- Sinfonia italiana (F. Mendelssohn Bartholdy)
- Sinfonia primavera (R. Schumann)
- Sinfonia fantástica (H. Berlioz)
- Sinfonia nº 6 (Patética) (P. I. Tchaikovsky)
- Sinfonia nº 5, nº 8 (G. Mahler)
- Uma sinfonia alpina (R. Strauss)
- Sinfonia clássica (S. Prokofiev)

J. Haydn: *Sinfonia surpresa*, 2º movimento.

S

Sintetizador O sintetizador é um aparelho com o qual podem ser produzidos sons e ruídos eletrônicos (helicóptero, sirene, chuva etc.) (➤ famílias de instrumentos). Trata-se de criar sons *sintéticos*, isto é, artificiais, ao contrário dos sons naturais produzidos pelos instrumentos acústicos (➤ piano, ➤ violino, ➤ trompete etc.). O sintetizador foi desenvolvido na década de 1960. É utilizado na música ➤ pop e ➤ rock, assim como na música eletrônica (➤ música moderna).

inglês

S

Solo   "Frederico, preciso lhe contar uma coisa genial!", exclama Clara. "Vou tocar um *solo* na ▸ flauta doce com a ▸ orquestra da escola. Tomara que eu não fique com frio na barriga quando for tocar sozinha." Frederico, brincando, faz uma reverência e diz: "Parabéns à solista! Eu também estou quase sempre sozinho ao piano, portanto também sou um solista. Você sabe qual é o contrário de solo?". "Claro, ▸ tutti. É uma palavra italiana e significa *todos*."

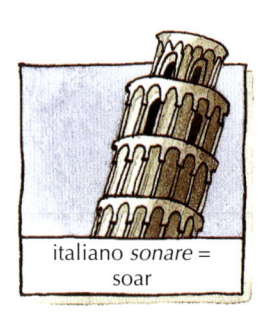

italiano = sozinho

Sonata   Por volta do século XVI, a sonata era entendida como uma peça instrumental sem esquema formal estabelecido. Desde o século XVII, a sonata é uma ▸ composição independente, quase sempre com vários ▸ movimentos, para um solista ou pequeno conjunto.

Especialmente no ▸ Classicismo, a sonata (composta de três ou quatro movimentos) desempenhou um papel importante. O primeiro movimento é caracterizado pela chamada *forma sonata*: dois temas opostos são apresentados em sequência (exposição), depois desenvolvidos (desenvolvimento) e, finalmente, repetidos (recapitulação). Compositores famosos escreveram sonatas para ▸ violino ou ▸ piano, como ▸ Haydn, ▸ Mozart, ▸ Beethoven, ▸ Schubert, ▸ Chopin, ▸ Liszt e ▸ Brahms. Uma sonata menor e mais fácil de ser tocada chama-se *sonatina*.

italiano sonare = soar

S

Soprano — *Soprano* é a denominação da voz humana feminina mais alta, assim como de um instrumento alto de uma ➤ família de instrumentos, como ➤ flauta doce soprano, ➤ saxofone soprano.

latim *superius* = o superior

Spalla — O *spalla* é o primeiro ➤ violino em uma ➤ orquestra. Seu lugar é à esquerda do ➤ regente, à frente. Ele conduz a afinação dos instrumentos, toca o ➤ solo e eventualmente pode substituir o regente.

Staccato — *Staccato* é uma ➤ indicação de articulação e significa tocar breve, mas enfaticamente, isto é, separar os sons claramente um do outro. Na ➤ notação musical, é escrito um ponto ou sinal em forma de cunha sobre ou sob a nota. O contrário de staccato é ➤ legato.

Exemplo: tema da *Sinfonia supresa* de J. Haydn (2º movimento).

italiano *staccare* = destacar

stacc.

S

Johann **Strauss** (filho)

1825-99
Compositor austríaco

Algumas de suas obras mais famosas

- Operetas: O morcego, O barão cigano, Uma noite em Veneza
- Danças: *An der schönen blauen Donau* [Danúbio azul], *Wiener Blut* [Sangue vienense], *Geschichten aus dem Wienerwald* [Histórias dos bosques vienenses], Polca Trish-Trash

"Vó, posso ver sua coleção antiga de discos em vinil?", pergunta Clara. "Claro, minha filha! E pode ouvir, também." A avó abre o armário onde seus 'tesouros musicais' estão guardados. Clara tira um disco, sobre cuja capa está estampado um casal dançando ➤ valsa. "Quero ouvir este!", diz. Enquanto a avó coloca o disco para tocar, diz, sonhadora: "São as *Valsas vienenses* de Johann Strauss. Como antigamente a gente passava a noite toda dançando...!". A música soa e logo a avó começa a dançar, quase flutuando, pela sala, com seus "pés de valsa". Clara fica surpresa. "Não sabia que a senhora dançava tão bem. Johann Strauss compôs só valsas?" "Oh, não", responde a avó. "O *rei da valsa*, como era chamado, compôs, além de 497 valsas, muitas outras peças para dança, como polcas. Também ficaram muito famosas suas ➤ operetas, como *O morcego* e *O barão cigano*. Seu pai, que também se chamava Johann, foi um ➤ compositor igualmente prestigiado. Ele compôs a mundialmente famosa *Marcha Radetzky*."

S

francês = sequência

Suíte A suíte é uma ➤ composição de vários ➤ movimentos formando uma sequência de danças. Na ➤ Idade Média já se apreciava a sequência de diferentes danças. Geralmente uma dança lenta em passos era seguida de uma dança rápida em saltos. No ➤ Barroco, a forma básica da suíte consistia das seguintes quatro danças: ➤ allemande, ➤ courante, ➤ sarabanda e giga. Outras danças, como ➤ minueto, ➤ bourrée, ➤ air, pavana, galliarde e gavota, podiam ser acrescentadas e precedidas de um ➤ prelúdio ou uma ➤ ouverture. Também são conhecidas principalmente as *suítes francesas e inglesas* para piano de J. S. Bach, assim como suas *suítes orquestrais* e a *Música aquática*, de ➤ Händel.

T

Tambor/bumbo Clara e Frederico vão com os pais a uma festa no Centro antigo. Em uma rua, reuniram-se grupos musicais de diversos países. Um país após o outro apresenta sua música. As crianças estão entusiasmadas com os diferentes sons e ritmos. Clara dá um tapinha no amigo e diz: "Frederico, já percebeu que cada grupo — não importa de qual país — trouxe tambores (▶ famílias de instrumentos)?". "É, um é diferente do outro e alguns são tocados com as mãos e outros, com baquetas."

O pai de Frederico vira-se para as crianças: "O tambor é um dos instrumentos mais antigos do mundo", conta. "Cada povo desenvolveu suas próprias formas. Há tambores que parecem ampulhetas e outros que se assemelham a copos ou barris. Existem os tipos longos, curtos, grossos e pequenos. Alguns têm uma membrana apenas de um lado, outros, dos dois lados." "No museu, vi uma vez um grande tambor de madeira fendida", intervém Frederico, "ele não tinha membrana. Era feito de um tronco de árvore escavado." "Antigamente, em alguns países, usavam-se os tambores não apenas para fins musicais, mas também para comunicação", relata o pai. "Esses tambores eram bem grandes e barulhentos, pois tinham de ser ouvidos na aldeia próxima."

Tarantela "Clara, você já dançou a tarantela?", quer saber Frederico. "Claro que sim", responde a amiga, levantando-se e começando com um passo-salto. "Na aula de ➤ balé também aprendemos danças folclóricas de diversos países. A tarantela é uma dança agitada no rápido ➤ compasso ⁶/₈, da Apúlia, no sul da Itália."

"*Tarantela* é um nome estranho. Acho que me lembra o nome de uma aranha." Frederico se sacode todo. "Aí você tem razão", confirma Clara. "Supõe-se que o nome da dança tenha surgido em fins do século XIV, quando houve uma epidemia causada pelas picadas da tarântula (aranha lobo do sul da Europa). Para eliminar o veneno do corpo, as pessoas dançavam até a exaustão. Também pode ser que o nome seja originário da cidade de Taranto. "Você sabe com que instrumento se dança a tarantela?", pergunta Frederico. "Claro", diz Clara, "com ➤ bandolins, ➤ violões, flautas, ➤ bombos e o ➤ pandeiro. No balé clássico, também se pode encontrar a tarantela, como no *Lago dos cisnes*, de ➤ Tchaikovsky. Uma tarantela famosa é *La danza*, de Rossini."

italiano

T

Piotr Ilich **Tchaikovsky**

1840-93
Compositor russo

Clara assiste na televisão ao ▶ balé *Quebra-nozes*. Ela fica encantada com a dança e a música, e pergunta para sua mãe: "Quem compôs essa música maravilhosa?". "Foi Tchaikovsky, um compositor russo. Ele compôs não apenas esse balé, mas também *O lago dos cisnes* e *A bela adormecida*." "Ele também criou outras obras?", quer saber Clara. "Sim", responde a mãe, "▶ sinfonias, ▶ concertos, ▶ óperas, ▶ música de câmara, um *Álbum para crianças* com peças fáceis para ▶ piano e muito mais. Felizmente ele teve um mecenas que o apoiou financeiramente. Assim ele pôde se dedicar à composição." "O que é um mecenas?" Clara lança para a mãe um olhar interrogativo. "É alguém que ajuda uma pessoa com dinheiro, sem exigir um retorno. Nesse caso, foi uma mulher rica que apreciava muito Tchaikovsky e sua música."

O que Tchaikovsky compôs

- 3 balés
- 6 sinfonias
- 3 concertos para piano
- 1 concerto para violino
- Óperas
- Obras vocais e orquestrais
- Música para piano
- Música de câmara, canções

Algumas de suas obras mais famosas

- O lago dos cisnes, A bela adormecida, O quebra-nozes (balés)
- Sinfonia nº 6 (Patética)
- Concerto para piano nº 1
- *Eugene Onegin* (ópera)
- Capricho italiano (orquestra)
- Serenata para orquestra de cordas
- Álbum para crianças (piano)

Cena de *O quebra-nozes*.

T

Teclado Nos países de língua inglesa, o termo *keyboard* designa todos os instrumentos de teclado, como ➤ piano, ➤ órgão, entre outros. Na ➤ música rock e pop, os teclados são instrumentos eletrônicos com várias teclas e amplificadores que podem ser equipados com acompanhamento automático (ao apertar uma tecla) e aparelho de ritmo.

Tema Um tema é a ideia musical principal que serve de base para uma ➤ composição. Geralmente é apresentado no início e desenvolvido, repetido, variado (➤ variação) etc. no decorrer da obra. Algumas composições têm também dois ou três temas. Um tema consiste geralmente de várias partes menores, os ➤ motivos. O tema musical marca o caráter de toda a obra; tem um significado semelhante ao tema de uma redação.

Tempo O *tempo* é a velocidade com que a peça musical é tocada. Geralmente, o ➤ compositor indica o tempo no começo de sua obra com termos italianos, como ➤ adágio, ➤ andante, ➤ allegro, ➤ presto. Com a ajuda do ➤ metrônomo, essas indicações podem ser estabelecidas de forma mais exata.

latim *tempus* = tempo

Tenor *Tenor* é a denominação para a voz masculina aguda. Em algumas ➤ famílias de instrumentos, o instrumento na tonalidade média também é chamado de tenor, como a ➤ flauta doce tenor.

latim *tenere* = manter

Tenuto *Tenuto* é uma ➤ indicação de articulação e significa sustentar as notas em toda a sua duração. É indicado por um traço horizontal sobre ou sob a nota, ou pela abreviação *ten*.

italiano = sustentado

ten.

T

Tímpano

Tímpano de pedal

Tímpano giratório, girado para mudar a afinação

"Frederico, quer fabricar um tímpano comigo?" Clara olha para seu amigo esperando resposta. "Tenho um livro com um monte de informações sobre tímpanos. Também tem uma instrução para montagem." Frederico está entusiasmado. "Será que posso fazer um para mim também?" "Claro", responde Clara. "Minha mãe comprou vários recipientes de argila. Com certeza ela pode dar um para você. O tímpano tem um recipiente ou um vaso para servir de corpo de ressonância. Sobre o lado aberto estica-se uma *membrana* (pele ou couro). Se a pele é esticada com tensões variadas, a altura do som varia quando se toca. No tímpano, pode-se regular uma altura exatamente — ao contrário do ➤ tambor."

"Os tímpanos já existem há muito tempo, seguramente", supõe Frederico. "É, estou lendo aqui que se veem tímpanos já em pinturas dos antigos egípcios. Na ➤ Idade Média, ele era um instrumento popular; juntamente com os trompetes, os tímpanos formavam uma dupla de muito prestígio." "É daí que vem a expressão 'com tímpanos e ➤ trompetes'?", pergunta Frederico. "Pode ser. De qualquer modo, esses dois instrumentos sempre estão juntos. Hoje existem tímpanos no mundo todo, na música folclórica", relata Clara.

"Você ainda não mencionou um tímpano muito importante", diz Frederico, "o tímpano de orquestra. Ele tem uma caixa de ressonância de cobre e é tocado com baquetas. As cabeças das baquetas são de madeira e forradas de feltro, flanela ou couro. Nas grandes ➤ orquestras, é utilizado hoje em dia um tímpano especial — o *tímpano de pedal*. Com o pedal, a pele pode ser esticada durante a música e o tímpano pode ser afinado novamente. Geralmente colocam-se tímpanos na orquestra aos pares (um alto e um grave). Mas agora vamos começar a trabalhar, certo?"

T

Tríade A *tríade* é, como o nome já indica, a reunião de três sons. Na teoria musical, isso não significa três sons quaisquer, mas, geralmente, a **fundamental**, a **terça** e a **quinta** (➤ intervalo).

Exemplos:

Triângulo O triângulo é uma peça de aço vergada em formato triangular, que fica suspenso e é percutido com uma baqueta de aço. Pertence à família dos instrumentos de percussão (➤ famílias de instrumentos). O triângulo produz um som agudo, penetrante e tilintante, e é utilizado na ➤ orquestra; faz parte dos instrumentos de ➤ Orff.

latim *triangulum* = triângulo

Trio O trio é uma ➤ composição para três instrumentos iguais ou diferentes, por exemplo, três instrumentos de cordas (➤ famílias de instrumentos) ou dois instrumentos de cordas e ➤ piano. Os três músicos que executam essa obra também são chamados de trio (trio de cordas, trio com piano etc.). Uma peça musical para três vozes corais é chamada de *terzetto*.

italiano *tres* = três

T

Trombone

O trombone é um instrumento de sopro de metal grave (➤ famílias de instrumentos). Consiste em dois tubos em forma de U que estão ligados por uma válvula móvel. Assim, o bocal pode ser encurtado ou alongado e a altura da nota pode ser alterada (também deslizando como no ➤ glissando). Os antecessores do trombone foram a *bucina* romana e a *busine* oriunda do Oriente (muito difundida entre nós na ➤ Idade Média). No século XV, foram construídos os primeiros trombones que se assemelham em forma e som aos atuais. O trombone é um instrumento apreciado na música sacra, na ➤ orquestra, na música de sopro e no ➤ jazz.

latim *bucina* = trompa curva de metal

Trompa

Trompistas famosos
- Jan Václav Stich (Punto) (1746-1803)
- Dennis Brain (1921-57)
- Hermann Baumann (1934-)

Os pais de Frederico foram convidados pelo clube de equitação para uma caça à raposa. Clara fica curiosa. "Eles vão caçar uma raposa de verdade?", pergunta. Frederico balança a cabeça. "Felizmente, não. Um cavaleiro faz o papel de raposa; colocam um rabo de raposa no braço dele e ele sai na frente." "E aí?", pergunta Clara. "Então todos os cavaleiros se reúnem, um deles toca o sinal de largada com uma *trompa de caça* e a caçada começa. Aquele que achar 'a raposa' tira o rabo do braço e é o vencedor." "Deve ser muito divertido", diz Clara. "Eu preferiria ser a cavaleira com a trompa de caça."

"A trompa de caça moderna é de metal e faz parte, assim como a *trompa* de ➤ orquestra, dos instrumentos de sopro de metal (➤ famílias de instrumentos)", explica Frederico. "O som é produzido pelos lábios vibrando, com ajuda de um bocal afunilado. No começo do século XIX, as trompas tinham válvulas para facilitar a produção de meios-tons (➤ escala tonal)."

Trompa de caça

Trompa de orquestra

T

Trompete

Trompetistas famosos
- Louis Armstrong (1900-71)
- Dizzy Gillespie (1917-93)
- Miles Davis (1926-91)
- Edward H. Tarr (1936-)
- Maurice André (1933-2012)
- Ludwig Güttler (1943-)

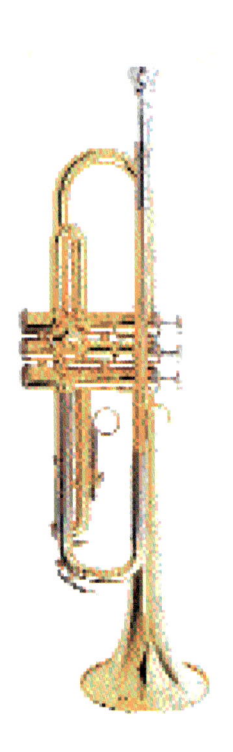

Frederico passou o final de semana com os pais em um castelo. Pernoitaram em um quarto na torre. Bem cedinho, são despertados por sons de uma fanfarra. Frederico corre para a janela e vê no pátio homens com trajes medievais. "Mãe, pai, acordem! Lá fora tem músicos", chama Frederico, agitado.

O pai, tonto de sono, vai até a janela e diz: "Estão tocando *cornetos* — são trompetes de fanfarra alongados que, na Idade Média, eram indispensáveis em ocasiões festivas". "Nos torneios de cavaleiros também se tocava música de trompetes, não é?", pergunta Frederico. "Ah, sim", confirma o pai. "Sem trompetistas e timpanistas (➤ tímpano) não acontecia nenhum torneio. Esses dois grupos de músicos tinham muito prestígio. Mas a história do trompete é muito mais antiga. Desde a Antiguidade se conhecem instrumentos primitivos similares ao trompete no mundo todo, que eram feitos dos mais diferentes materiais. São considerados trompetes históricos, por exemplo, o *carnyx* celta, que tinha como campânula uma cabeça de animal com boca aberta, ou o *cornu* (ou *bucina*) romano, que consistia num tubo fino, vergado em meio círculo, e a *buzina* medieval." "Os anjos são representados frequentemente com esses instrumentos, não é?", quer saber Frederico. "É verdade."

O pai fecha a janela. "O trompete atual é apreciado como instrumento ➤ solo, na ➤ orquestra, no ➤ jazz e na música de entretenimento. Pertence à ➤ família de instrumentos de sopro de metal e geralmente é feito de uma liga de metais. A partir de 1830, construíram-se trompetes com válvulas para ampliar a facilidade cromática.

Tuba (baixo de tuba)

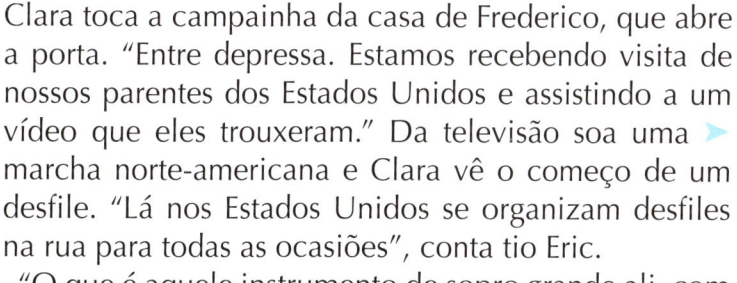

latim = trompete reto com som grave

Clara toca a campainha da casa de Frederico, que abre a porta. "Entre depressa. Estamos recebendo visita de nossos parentes dos Estados Unidos e assistindo a um vídeo que eles trouxeram." Da televisão soa uma ➤ marcha norte-americana e Clara vê o começo de um desfile. "Lá nos Estados Unidos se organizam desfiles na rua para todas as ocasiões", conta tio Eric.

"O que é aquele instrumento de sopro grande ali, com aquela campânula enorme?", quer saber Clara. "Um *sousafone*", explica o tio. "É um baixo de tuba especial de fibra de vidro, para pendurar, com um tubo redondo vergado. Como é muito leve e prática para carregar, é usada por bandas militares ao marcharem."

"Conheço a tuba normal da ➤ orquestra", diz Clara. "É um instrumento de sopro de metal (➤ famílias de instrumentos) na voz baixa (➤ baixo) com três a cinco válvulas. Quando se toca, a campânula aponta para cima." "Na música tradicional bávara também se usa a tuba", conta Frederico.

Músico com sousafone

Baixo de tuba

Tutti

italiano = todos

Tutti é o termo que indica um trecho para a ➤ orquestra inteira ou o ➤ coro inteiro. O contrário de tutti é ➤ solo.

U

Ukulele O ukulele é um instrumento de cordas dedilhadas (▶ famílias de instrumentos) do Havaí, parecido com um pequeno ▶ violão. Tem quatro cordas de aço que são tocadas com uma ▶ palheta. O ukulele ficou popular na música norte-americana para dançar, nos anos 1920.

Uníssono Fala-se em *uníssono* quando todas as vozes de uma peça musical são tocadas simultaneamente (com a mesma nota) ou em ▶ intervalo de oitava. Frequentemente, toca-se em uníssono no começo ou no final de uma ▶ composição para conferir um peso especial a essas partes. *Uma pequena serenata noturna* de ▶ Mozart e a *Quinta sinfonia* de ▶ Beethoven começam em uníssono.

italiano = com som igual

Exemplo: *Uma pequena serenata noturna* de W. A. Mozart.

V

Valsa

Valsas famosas

- Convite à dança (C. M. von Weber)
- Valsa do minuto (F. Chopin)
- Valsa Mefisto (F. Liszt)
- Valsa do imperador (J. Strauss filho)
- Danúbio azul (J. Strauss, filho)
- Valsa das flores (P. I. Tchaikovsky)

A valsa é, ainda hoje, uma das mais apreciadas danças de salão. Surgiu por volta do século XVIII na Áustria, a partir do *Ländler* e da *Deutschen Tanz*, uma dança alemã. A *valsa vienense*, como é chamada desde 1811, é uma dança dinâmica em pares, com giros, em ➤ compasso ¾. Dois dos mais famosos ➤ compositores de valsas são Johann ➤ Strauss, pai e filho. A valsa passou a ser apreciada também na música erudita de C. M. von Weber, ➤ Schubert, ➤ Chopin, ➤ Liszt e ➤ Brahms. ➤ Tchaikovsky compôs valsas fascinantes para o ➤ balé. A propósito, a famosa *Flohwalzer*[6] não é uma valsa genuína, pois é composta em compasso ⁴⁄₄.

---

6 Literalmente "a valsa da pulga"; trata-se de um solo de piano empregado como exercício em aulas de música. (N. T.)

V

Variação

latim *variatio* = transformação

A *variação* é a alteração e ornamentação de um ➤ tema musical, em relação à melodia, ao ritmo ou à harmonia, por exemplo. Uma peça musical composta dessa forma também é chamada de variação.

Famosas variações

- Variações Goldberg (J. S. Bach)
- *Ah, vous dirai-je Maman* (W. A. Mozart)
- 33 variações de uma valsa de Diabelli (L. v. Beethoven)
- Truta, 4º movimento (F. Schubert)

Viela de roda

Clara e Frederico irão a uma festa medieval. As pessoas vestem roupas de época e demonstram como antigamente se tecia, forjava o ferro, tocava música e encenava teatro. "Olhe", exclama Clara, "um homem com um instrumento que nunca vi antes." Eles chegam mais perto. O homem gira uma manivela e, com a outra mão, pressiona pequenas teclas de madeiras.

Uma mulher com vestes coloridas se dirige às crianças. "É uma viela de roda", explica ela. "Na ➤ Idade Média, esse instrumento de cordas (➤ famílias de instrumentos) era muito apreciado pelos menestréis. Ao girar a manivela, uma rodinha toca as cordas no interior do instrumento e produz o som. Com a ajuda das teclas pode-se pressionar ou encurtar uma ou duas cordas melódicas e, assim, produzir diferentes sons; as cordas ➤ baixo — de duas a quatro — sempre soam. Essas são chamadas de *cordas de bordão* e estão ajustadas no intervalo de cinco tons (quinta, ➤ intervalo)". "Também na ➤ gaita de foles há tons graves na quinta que soam constantemente", diz Frederico.

V

Giuseppe **Verdi**

1813-1901
Compositor italiano

As óperas mais famosas de Verdi
- Nabucco
- Rigoletto
- *Der Troubadour*
- *La Traviata*
- *Ein Maskenball* [Um baile de máscaras]
- *Die Macht des Schicksals* [A força do destino]
- Aída
- Otelo
- Falstaff

É domingo e Clara pôs a mesa para o café da manhã. Quando ela percebe que os pais acordaram, ela os chama: "Café, seus dorminhocos!". "Já estou aqui", diz a mãe, abraçando Clara. "Ontem a ➤ ópera foi maravilhosa. Da próxima vez você irá conosco." Agora chega finalmente o pai. "*Va, pensiero, sull´ali dorate...*", canta a plenos pulmões.

Va, pen- sie - ro, sull'a - li do - ra - te

"O que isso quer dizer?", quer saber Clara. "É italiano", diz o pai, "e significa: 'Vá, pensamento, sobre asas douradas!' É o *Coro dos prisioneiros* (➤ coro) da ópera *Nabucco*, de Giuseppe Verdi, que vimos ontem."

"Falamos sobre Verdi na escola. Ele foi um ➤ compositor de óperas bem famoso no século XIX. Vocês sabiam que ele aos 11 anos já substituía o organista (➤ órgão) da igreja da sua cidadezinha? Quando quis estudar no conservatório (instituição de ensino para músicos) de Milão foi rejeitado, porque acharam que não tinha talento musical. Felizmente ele não desistiu e tomou aulas particulares. Seus maiores sucessos foram as óperas *Nabucco*, *Rigoletto* e *Aída* — esta é a ópera que compôs para a inauguração do canal de Suez no Egito."

"Você prestou bastante atenção na escola", elogia o pai, prosseguindo: "Verdi compôs até idade avançada. Criou sua última ópera, *Falstaff*, aos 80 anos. Tornou-se, em seu país, um verdadeiro herói nacional, pois os italianos amavam sua música acima de tudo e cantavam suas ➤ árias nas ruas e praças. Além de óperas, compôs algumas outras poucas obras, como seu famoso *Réquiem* (missa para falecidos) e um ➤ quarteto de cordas."

Coro dos prisioneiros da ópera *Aída*, de Giuseppe Verdi.

V

Viola A viola é um instrumento ▶ alto da família dos instrumentos de cordas (▶ famílias de instrumentos).

É um pouco maior que o ▶ violino, também tem quatro cordas e antigamente era usada apenas para apoiar o ritmo e harmonia. Mas, a partir do século XVIII, ganhou cada vez mais importância como instrumento ▶ solo.

Na ▶ Idade Média, *viola* era a denominação geral para instrumentos de corda em todas as vozes, subdivididos em dois grupos: a família da *viola da gamba*, maior, tocada na perna, e a família da *viola da braccio*, tocada no braço.

italiano

Violistas famosos
- Paul Hindemith (1895-1963)
- Tabea Zimmermann (1966-)

Violino Clara e Frederico vão passear com os pais e irmãos no parque do palácio. Em um jardim de rosas, um músico está tocando violino. Clara admira o músico ▶ virtuose. "Será que ▶ Paganini também tocava assim?", pergunta Frederico. O músico, que acabou de tocar, vai ao encontro das crianças, rindo. "Muito obrigado pelo elogio, mas não sou tão bom assim." Ele guarda cuidadosamente seu instrumento e o arco do violino com fios de crina de cavalo. "Meu violino já tem mais de cem anos", diz ele. Clara fica surpresa.

"E ele ainda tem um som tão fantástico?" "Existem violinos ainda mais antigos que têm um som grandioso.

italiano

V

Violinistas famosos

- Antonio Vivaldi (por volta de 1678-1741)
- Niccolò Paganini (1782-1840)
- Joseph Joachim (1831-1907)
- Fritz Kreisler (1875-1962)
- David Oistrach (1908-74)
- Yehudi Menuhin (1916-99)
- Isaac Stern (1920-2001)
- Gidon Kremer (1947-)
- Anne-Sophie Mutter (1963-)

Nos séculos XVII e XVIII, viveram grandes *luthiers* na Itália, por exemplo, a família Amati ou Antonio Stradivari (que é chamado de "rei dos mestres *luthiers*") e Giuseppe Antonio Guarnieri", conta o músico. "Para a qualidade de um violino, é muito importante a madeira bem seca e, talvez, também o verniz de violino, cuja composição é o grande segredo de um *luthier*."

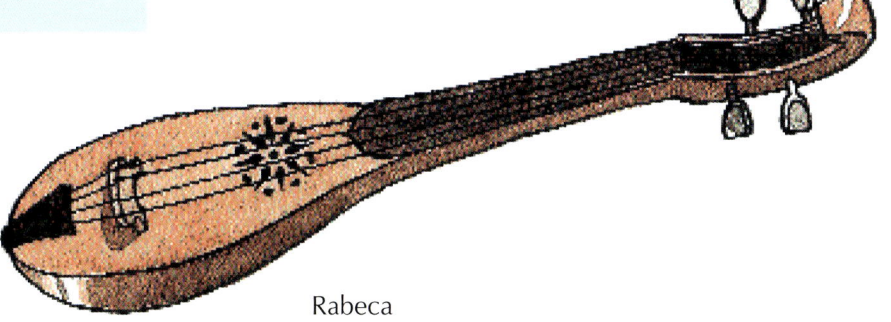

Rabeca

"O violino surgiu por volta de 1550, originário da *rabeca* medieval (▶ Idade Média), da *rebec* e da *lira da braccio*. Foi o que li em um livro sobre instrumentos musicais. Ele tem quatro cordas e pertence à família dos instrumentos de corda (▶ famílias de instrumentos), assim como a ▶ viola, o ▶ violoncelo e o ▶ contrabaixo. O violino é o instrumento soprano (▶ soprano)", diz Frederico. "Você é bastante interessado em música", diz o homem, admirado. "Você também toca algum instrumento?" "Toco", responde Frederico, orgulhoso. "Quero ser um ▶ pianista famoso."

"Se quiserem, toco para vocês agora alguma coisa no violino", oferece o músico. "Há tantas obras lindas, como as ▶ sonatas de J. S. ▶ Bach, o ▶ concerto para violino, *As quatro estações*, de A. Vivaldi, e, naturalmente, o famoso concerto para violino de ▶ Beethoven. O pai de ▶ Mozart, aliás, também era violinista. Ele escreveu um famoso método de violino."

Violino

171

V

italiano

Violoncelo O *violoncelo* é um instrumento de cordas grave (▶ famílias de instrumentos), que fica entre a ▶ viola e o ▶ contrabaixo; para ser tocado, é preciso apoiá-lo entre os joelhos. Surgiu no século XVI e servia, a princípio, como instrumento de acompanhamento. Apenas no século XVIII o violoncelo tornou-se um apreciado instrumento ▶ solo. Composições famosas são: as seis ▶ suítes para violoncelo solo, de J. S. ▶ Bach, *O cisne* do *Carnaval dos Animais*, de C. Saint-Saëns, e concertos para violoncelo, de ▶ Schumann e A. Dvořák.

Violoncelistas famosos
- Luigi Boccherini (1743-1805)
- Pablo Casals (1876-1973)
- Pierre Fournier (1906-86)
- Mstislaw Rostropovitch (1927-2007)
- Jacqueline du Pré (1945-87)
- Mischa Maisky (1948-)
- Heinrich Schiff (1951-)

V

Virtuose O virtuose é um músico com um talento técnico excepcional em seu instrumento. Virtuoses famosos foram ▸ Liszt, no ▸ piano, e ▸ Paganini, no ▸ violino.

latim *virtus* = competência, força

Niccolò Paganini

W

Richard **Wagner**

1813-83
Compositor alemão

As óperas mais famosas de Wagner

- O navio fantasma
- *Tannhäuser*
- *Lohengrin*
- Tristão e Isolda
- Os mestres-cantores de Nuremberg
- O anel dos nibelungos (Ouro do Reno, A Valquíria, Siegfried, Crepúsculo dos deuses)
- Parsifal

Clara e sua mãe se aconchegam na sala. Clara tenta resolver as palavras cruzadas. "Aqui tem umas perguntas sobre música", diz. "Vertical: uma dança em ➤ compasso ¾... ➤ valsa, claro. Horizontal: um compositor alemão de óperas começando por 'W'. Humm, você sabe quem poderia ser, mãe?". "Wagner, talvez?", pergunta a mãe. "Legal, dá certo! Foi Wagner quem compôs o famoso *coro da noiva*? "Sim! Esse ➤ coro é da ➤ ópera *Lohengrin*. Em suas obras cênicas, Wagner criou um estilo musical completamente novo para sua época, que teve grande influência sobre outros ➤ compositores. Ele subdividiu a ópera não mais em partes isoladas (por exemplo, ➤ ária, ➤ recitativo, ➤ interlúdio da ópera, entrada do coro), mas criando a *Gesamtkunstwerk*[7]. Para cada pessoa e, também, para cada objeto e sentimento, Wagner criou um *Leitmotiv* (➤ motivo musical relacionado à pessoa, ao objeto etc.) que sempre ressoava nas situações correspondentes no palco", diz a mãe.

"A vovó me contou que esteve em Bayreuth no Festival de Wagner", diz Clara. "Sim. Ainda em vida Wagner realizou o sonho de ter seu teatro para festivais em Bayreuth, onde são encenadas exclusivamente suas óperas. Porém, só conseguiu isso com a ajuda financeira do rei bávaro Luís II, que admirava muito Wagner", prossegue a mãe. "O rei Luís II mandou construir o castelo de conto de fadas de Neuschwanstein", observa Clara. "Exato", continua a mãe. "Ele vivia em um mundo de sonho, que foi ainda mais reforçado pela música de Richard Wagner. Talvez você saiba que muitas óperas de Wagner enfocam temas da mitologia alemã (contos de fadas e lendas). Os ➤ libretos de suas óperas foram escritos pelo próprio Wagner."

"Ele foi casado e teve filhos?", quer saber Clara. "Com a sua segunda esposa, Cosima, filha de ➤ Liszt, Wagner teve três filhos", diz a mãe. "Seus descendentes dirigem atualmente o Festival de Bayreuth. A *Villa Wahnfried* de Wagner agora é um museu que pode ser visitado."

---

[7] Obra de arte total, uma integração de música, poesia, belas-artes, dança etc. (N. T.)

W

"Oh, será que podemos ir lá algum dia?", implora Clara. "Isso nós vamos discutir com o papai hoje à noite!", diz a mãe, sorrindo.

Exemplo: Coro dos marinheiros da ópera *O navio fantasma* de R. Wagner.

Timoneiro, deixe o relógio!   Timoneiro, aqui para nós!

Ho!   Ei!   Ho!   Ha!   Içar as velas! Ancorar firme! Timoneiro aqui!

X

Xilofone

grego *xylon* = madeira;
phone = voz

O xilofone consiste em barras de madeira com boa sonoridade, de comprimentos variados, que geralmente ficam sobre uma caixa que serve como corpo de ressonância. Quanto mais longa e grossa a barra de madeira, mais grave é o som. Toca-se com duas baquetas (➤ famílias de instrumentos). O xilofone é um instrumento muito difundido na África e na Ásia, onde é construído nas mais variadas formas e tamanhos. Desde o final do século XIX, o xilofone passou a ser também um instrumento da ➤ orquestra. Nos instrumentos de ➤ Orff, ele desempenha um papel central. Se a barra é de metal, chama-se o instrumento de *metalofone*. Instrumentos menores desse tipo são chamados de *Glockenspiel* [carrilhão].

Xilofone de madeira

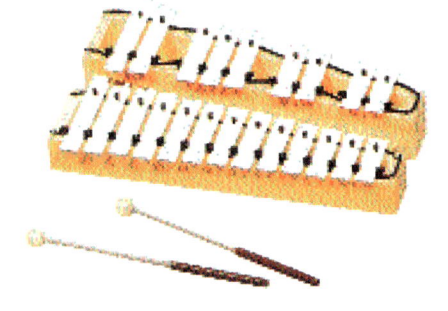

Xilofone africano de troncos de árvores

Glockenspiel cromático

Metalofone cromático

Datas de nascimento e morte de compositores importantes

Idade Média (entre 600 e 1400, aproximadamente)

Adam de la Halle (1237-87, aproximadamente)
Arezzo, Guido von (992-1050, aproximadamente)
Arquin, Thomas von (1125/26-74, aproximadamente)
Bingen, Hildegard (1098-1179)
Eschenbach, Wolfram von (1170/80-1120, aproximadamente)
Gregório, o Grande (papa) (540-604, aproximadamente)
Leoninus (aproximadamente 1180)
Machaut, Guillaume de (1300-77, aproximadamente)
Perotinus (aproximadamente 1200)
Tannhäuser (1205-70)
Vitry, Philippe de (1291-1361)
Vogelweide, Walther von der (1170-1230, aproximadamente)
Wolkenstein, Oswald von (1377-1445, aproximadamente)

Renascimento (entre 1400 e 1600, aproximadamente)

Byrd, William (1543/44-1623)
Desprez, Josquin (1450-1521, aproximadamente)
Dowland, John (1562/3-1626)
Dufay, Guillaume (1400-74, aproximadamente)
Dunstable, John (1380-1453, aproximadamente)
Gabrieli, Andrea (1510-86, aproximadamente)
Gabrieli, Giovanni (1554-1613, aproximadamente)
Gesualdo, Don Carlo (1560-1613, aproximadamente)
Haßler, Hans Leo (1564-1612)
Isaac, Heinrich (1450-1517, aproximadamente)
Lasso, Orlando di (1532-94, aproximadamente)
Ockeghem, Johannes (1425-96, aproximadamente)
Palestrina, Giovanni Pierluigi da (1525-94, aproximadamente)
Praetorius, Michael (1571-1621)
Sachs, Hans (1494-1576)
Sweelinck, Jan Pieterszoon (1562-1621)

Barroco (entre 1600 e 1750, aproximadamente)

Albinoni, Tommaso (1671-1750)
Bach, Johann Sebastian (1685-1750)
Buxtehude, Dietrich (1637-1707)
Charpentier, Marc-Antoine (1634-1704, aproximadamente)
Corelli, Arcangelo (1653-1713)
Couperin, François (1668-1733)
Frescobaldi, Girolamo (1583-1643)
Froberger, Johann Jacob (1616-67)
Fux, Johann Joseph (1660-1741)
Händel, Georg Friedrich (1685-1759)
Hasse, Johann Adolf (1699-1783)
Kuhnau, Johann (1660-1722)
Locatelli, Pietro Antonio (1695-1764)
Lully, Jean-Baptiste (1632-87)
Monteverdi, Claudio (1567-1643)
Pachelbel, Johann (1653-1706)
Pergolesi, Giovanni Battista (1710-36)
Purcell, Henry (1659-95)
Quantz, Johann Joachim (1697-1773)
Rameau, Jean-Philippe (1683-1764)
Scarlatti, Alessandro (1660-1725)
Scarlatti, Domenico (1685-1757)
Scheidt, Samuel (1587-1654)
Schein, Johann Hermann (1586-1630)
Schütz, Heinrich (1585-1672)
Tartini, Giuseppe (1692-1770)
Telemann, Georg Philipp (1681-1767)
Vivaldi, Antonio (1678-1741, aproximadamente)

Classicismo (entre 1750 e 1820, aproximadamente)

Bach, Carl Philipp Emanuel (1714-88)
Bach, Johann Christian (1735-82)
Bach, Johann Christoph Friedrich (1732-95)
Bach, Wilhelm Friedemann (1710-84)
Beethoven, Ludwig van (1770-1827)
Boccherini, Luigi (1743-1805)
Cherubini, Luigi (1760-1842)
Clementi, Muzio (1752-1832)
Diabelli, Anton (1781-1858)
Gluck, Christoph Willibald (1714-87)
Haydn, Joseph (1732-1809)
Hummel, Johann Nepumuk (1778-1837)
Mozart, Wolfgang Amadeus (1756-91)
Salieri, Antonio (1750-1825)
Sammartini, Giovanni Battista (1701-75)
Spohr, Louis (1784-1859)
Stamitz, Johann (1717-57)

Romantismo (entre 1820 e 1900, aproximadamente)

Adam, Adolphe (1803-56)
Albéniz, Isaac (1860-1909)
Bellini, Vincenzo (1801-35)
Berlioz, Hector (1803-69)
Bizet, Georges (1838-75)
Borodin, Alexander (1833-75)
Brahms, Johannes (1833-97)
Bruch, Max (1838-1920)
Bruckner, Anton (1824-96)
Chopin, Frédéric (1810-49)
Cornelius, Peter (1824-74)
Debussy, Claude (1862-1918)
Delibes, Léo (1836-91)
Donizetti, Gaetano (1797-1848)
Dvořák, Antonín (1841-1904)
Fauré, Gabriel (1845-1924)
Franck, César (1822-90)
Glinka, Michail (1804-57)
Gounod, Charles (1818-93)
Grieg, Edvard (1843-1907)
Humperdinck, Engelbert (1854-1921)
Leoncavallo, Ruggiero (1857-1919)
Liszt, Franz (1811-1886)
Loewe, Carl (1796-1869)
Lortzing, Albert (1801-51)
Mahler, Gustav (1860-1911)

Marschner, Heinrich (1795-1861)
Mascagni, Pietro (1863-1945)
Massenet, Jules (1842-1912)
Mendelssohn Bartholdy, Felix (1809-47)
Meyerbeer, Giacomo (1791-1864)
Millöcker, Karl (1842-99)
Mussorgsky, Modest (1839-81)
Nicolai, Otto (1810-49)
Offenbach, Jacques (1819-80)
Paganini, Niccolò (1782-1840)
Puccini, Giacomo (1858-1924)
Reger, Max (1873-1916)
Rimskij-Korsakow, Nicolaj (1844-1908)
Rossini, Gioacchino (1792-1868)
Saint-Saëns, Camille (1835-1921)
Schubert, Franz (1797-1828)
Schumann, Robert (1810-56)
Skrjabin, Alexander (1872-1915)
Smetana, Friedrich (1824-84)
Strauss, Johann (pai) (1804-49)
Strauss, Johann (filho) (1825-99)
Suppé, Franz von (1819-95)
Tschaikowsky, Peter Ilijtsch (1840-93)
Verdi, Giuseppe (1813-1901)
Wagner, Richard (1813-93)
Weber, Carl Maria von (1786-1826)
Wolf, Hugo (1860-1903)
Zeller, Carl (1842-98)

Século xx

Bartók, Béla (1881-1945)
Berg, Alban (1885-1935)
Berio, Luciano (1925-2003)
Berlin, Irving (1888-1989)
Bernstein, Leonard (1918-90)
Blacher, Boris (1903-75)
Bock, Jerry (1928-)
Boulez, Pierre (1925-)
Bresgen, Cesar (1913-88)
Britten, Benjamin (1913-76)

Busoni, Ferruccio (1866-1924)
Cage, John (1912-92)
Chatschaturjan, Aram (1903-78)
Copland, Aaron (1900-90)
Dessau, Paul (1894-1979)
Distler, Hugo (1908-42)
Dukas, Paul (1865-1935)
Eben, Petr (1929-2007)
Egk, Werner (1901-83)
Eisler, Hanns (1898-1962)
Elgar, Edward (1857-1934)
Falla, Manuel de (1876-1946)
Fortner, Wolfgang (1907-87)
Genzmer, Harald (1909-2007)
Gershwin, George (1898-1937)
Glass, Philip (1937-)
Glasunow, Alexander (1865-1936)
Hamlisch, Marvin (1944-2012)
Henze, Hans Werner (1926-2012)
Hindemith, Paul (1895-1963)
Holst, Gustav (1874-1934)
Honegger, Arthur (1892-1955)
Ibert, Jacques (1890-1962)
Ives, Charles (1874-1954)
Jánaček, Leoš (1854-1928)
Kagel, Mauricio (1931-2008)
Kálmán, Emmerich (1882-1953)
Kander, John (1927-)
Kern, Jerome (1885-1945)
Kodály, Zoltán (1882-1967)
Korngold, Erich Wolfgang (1897-1957)
Křenek, Ernst (1900-91)
Künneke, Eduard (1885-1953)
Léhar, Franz (1870-1948)
Ligeti, György (1923-2006)
Lincke, Paul (1866-1946)
Loewe, Frederick (1904-88)
Lutoławski, Witold (1913-94)
Mac Dermot, Galt (1928-)
Martin, Frank (1890-1974)
Martinů, Bohuslav (1890-1959)

Messiaen, Oliver (1908-92)
Milhaud, Darius (1892-1974)
Nono, Luigi (1924-90)
Orff, Carl (1895-1982)
Penderecki, Krzysztof (1933-)
Pfitzner, Hans (1869-1949)
Porter, Cole (1891-1964)
Poulenc, Francis (1899-1963)
Prokofiev, Sergej (1891-1953)
Rachmaninoff, Sergei (1873-1943)
Ravel, Maurice (1875-1937)
Reich, Steve (1936-)
Reimann, Aribert (1936-)
Respighi, Ottorino (1879-1936)
Rihm, Wolfgang (1952-)
Rodrigo, Joaquín (1901-99)
Satie, Erik (1866-1925)
Schnebel, Dieter (1930-)
Schnittke, Alfred (1934-98)
Schönberg, Arnold (1874-1951)
Schostakowitsch, Dmitrij (1906-75)
Sibelius, Jean (1865-1957)
Stockhausen, Karlheinz (1928-2007)
Stolz, Robert (1880-1975)
Strauss, Richard (1864-1949)
Stravinsky, Igor (1882-1971)
Tscherepnin, Alexander (1899-1977)
Varèse, Edgar (1883-1965)
Villa-Lobos, Heitor (1887-1959)
Lloyd Webber, Andrew (1948-)
Webern, Anton (1883-1945)
Weill, Kurt (1900-50)
Wolf-Ferrari, Ermanno (1876-1948)
Yun, Isang (1917-95)
Zemlinsky, Alexander (1871-1942)
Zimmermann, Bernd Alois (1918-70)

Jazz, rock, pop, filme

Armstrong, Louis (1900-71)
Basie, Count (1904-84)
Berry, Chuck (1931-)
Bowie, David (1947-)
Clapton, Eric (1945-)
Coleman, Ornette (1930-2015)
Collins, Phil (1951-)
Coltrane, John (1926-67)
Corea, Chick (1941-)
Davis, Miles (1926-91)
Dylan, Bob (1941-)
Ellington, Duke (1899-1974)
Eno, Brian (1948-)
Garner, Erroll (1923-77)
Gillespie, Dizzy (1917-93)
Goodman, Benny (1909-86)
Hancock, Herbie (1940-)
Hendrix, Jimi (1942-70)
Jackson, Michael (1958-2009)
Jarrett, Keith (1945-)
Jobim, Antonio Carlos (1925-94)
Joel, Billy (1949-)
John, Elton (1947-)
Joplin, Scott (1868-1917)
Lennon, John (1940-80)
Mancini, Henry (1924-94)
Marley, Bob (1945-81)
Miller, Glenn (1904-44)
McCartney Paul (1942-)
Morton, Jelly Roll (1885-1941)
Monk, Thelonious (1917-82)
Parker, Charlie (1920-55)
Peterson, Oscar (1925-2007)
Prince (Prince Roger Nelson) (1958-)
Santana, Carlos (1947-)
Shearing, George (1919-2011)
Silver, Horace (1928-2014)
Simon, Paul (1942-)
Sting (Gordon Summer) (1951-)
Waller, Fats (1904-43)
Wonder, Stevie (1950-)
Zappa, Frank (1940-93)

Índice remissivo

Os números ao lado de cada termo são números de páginas. Eles indicam onde estão os respectivos termos. Os números em negrito indicam a página principal de cada termo.

A cappella **9**
A chorus line 108
À noite quero ir dormir 60
A princesa cigana 115
A tempo **9**
Abafador 50, 129
Abba 107
Abbado, Claudio 138
AC-DC 140
Accolade **9**
Acidente 34, **149**
Acompanhamento 9, 10, 12, 23, 42, 44, 53, 55, 60, 82, 109, 136, 159, 172
Acompanhamento automático 159
Acordai, a voz nos chama 42
Acorde **10**, 17, 22, 39, 87, 136
Acordeão **10**, 67
Acústica **11**
Adágio **11**, 90, 159
Adam, Adolphe 25
Afinador de pianos 110
Ah, vous dirai-je Maman 168
Aída 97, 114, 169
Air **12**, 155
Alain, Marie-Claire 121
Alaúde **12**, 26, 40, 66, 88
Alaúde renascentista 12
Alaúde "torcido" 12
Álbum para a juventude 101, 147
Álbum para crianças 158
Alegrias 69
Aleluia 80, 118
All you need is love 30
Allegretto **13**
Allegro, **13** 131, 133, 159
Allemande **13**, 155
Alphorn **14**, 67
Amati 171
Amor de poeta 147
Anacruse **14**
Anatevka 108
Andante **15**, 159
Andantino **15**
André, Maurice 164
Anel dos nibelungos, O 174

Anglaise 61
Annie Get Your Gun 108
Anterior 9, 149
Aparelho de ritmo 159
Argerich, Martha 128
Ária **16**, 20, 42, 114, 118, 138, 169, 174
Ária de concerto 16
Armstrong, Louis **17**, 91, 92, 164, 180
Arpejo **17**
Arranjador 18
Arranjo **18**
Arrau, Claudio 128
Arte da fuga, A 20, 74
Articulação **18**, 90, 93, 153, 160
Audição absoluta **19**
Audição relativa 19
Ave Maria 145

Bach, Anna Magdalena 20
Bach, Carl Philipp Emanuel 20, 178
Bach, Johann Christian 20, 178
Bach, Johann Sebastian **20**, 21, 28, 51, 121, 178
Bach, Wilhelm Friedemann 20, 178
Baixo **22**, 28, 34, 37, 54, 71, 72, 124, 126, 140, 165, 168
Baixo contínuo **22**, 29, 55
Baixo de tuba 165
Baixo elétrico 140
Baker, Ginger 127
Balada **23**, 40
Balada da cítara 44
Balalaica 12, **23**, 66
Balé **24**, 25, 42, 98, 113, 114, 124, 132, 167
Balé com enredo 25
Ballade pour Adeline 23
Ballet comique de la Reine 24
Banda 30, **34**, 62, 72, 107, 140
Bandoneon 11
Banjo **26**, 35, 66, 136
Barão cigano, O 115, 154
Barbeiro de Sevilha, O 114
Barcarola **27**
Barenboim, Daniel 138
Barítono **28**, 67, 144
Barra de compasso 49, 111, 112
Barras verticais 49

Barroco 13, 20, 22, **28**, 29, 47, 51, 71, 80, 85, 100, 106, 124, 138, 155
Baryschnikov, Michail 25
Basie, Count 92, 180
Basso ostinato 124
Bateria 127
Batida 30
Batuta 138
Baumann, Hermann 163
Beach Boys, The 30
Beat **30**, 107, 140
Beatles **30**, 31
Bebop 91
Bee Gees, The 107
Beer, Joseph 45
Beethoven, Ludwig van **32**, 33, 39, 46, 54, 61, 89, 95, 99, 102, 114, 118, 130, 132, 150, 152, 166, 168, 171, 178
Behrend, Siegfried 78
Béla Bartók 106
Bela moleira, A 145
Bequadro **34**, 149
Berg, Alban 106, 179
Berlin, Irving 179
Berlioz, Hector 150, 178
Bernstein, Leonard 108, 138, 179
Berry, Chuck 141, 180
Big band **34**
Bizet, Georges 114, 142, 178
Blues **35**, 37, 75, 91, 109, 141
Boccaccio 115
Boccherini, Luigi 172, 178
Bock, Jerry 108, 179
Bodas de Fígaro, As 104
Boehm, Theobald 72
Böhm, Karl 138
Bolero **36**
Bombarda 113
Bon Jovi 140
Boogie-Woogie 35, **37**, 124
Bordões no intervalo 76
Boulez, Pierre 106, 179
Bourrée **37**, 155
Brahms, Johannes 23, **38**, 40, 125, 126, 142, 147, 150, 152, 167, 178
Brain, Dennis 163
Bream, Julian 78
Brendel, Alfred 128
Britten, Benjamin 106
Broadway 108
Bruckner, Anton 121, 142, 150, 178
Bruder Jakob (Frère Jacques) 41
Brüggen, Franz 71
Bucina 163, 164
Bulerias 69
Burgmüller, Friedrich 64
Bussotti, Sylvano 106
Busuki 12
Buzina 164

C-A-F-F-E-E 41
Caballé, Montserrat 114
Cabaret 108
Cadenza **39**
Caderno de teclado para Wilhelm Friedemann Bach 20
Cage, John 106
Callas, Maria 114
Cancã 115
Canção 9, 12, 23, 27, 32, 38, **40**, 77, 85, 105, 109, 112, 145
Canção de ninar 38
Canção erudita 40, 142
Canções folclóricas 40
Canções infantis 40, 111
Candle In The Wind 23
Cânone **41**, 74, 131
Cânone circular 41
Cânone em retrógrado 41
Cantabile 15, **41**
Cantata 16, 20, 28, **42**, 94, 124, 138
Cantata do café 42
Cantata do mestre-escola 42
Canto dos cisnes, O 145
Canto solo 16
Capriccio **42**
Capricho italiano 158
Caranguejo 41, 106
Carmen 114
Carmina Burana 119
Carnaval dos animais 172
Carnyx 164
Carreras, José 114
Carrilhão 119, 127
Carrilhão de orquestra 127
Caruso, Enrico 114
Casals, Pablo 172
Castanholas 36, **42**, 66, 144
Cats 108
Cauda 55, 129
Cavaleiro das rosas, O 114
Cavaleiro selvagem 147
Celesta 127
Cenas infantis 147
C'est si bom 17
Chacona 124
Chalumeau 45
Chansons 40
Charamela 113
Ch'in 44
Chocalho 119
Chopin, Frédéric 23, **43**, 61, 64, 98, 128, 132, 133, 142, 152, 167, 178
Ciclo de canções 147

Cifração 22
Címbalo 44, 119
Cinderela 25
Cisne, O 172
Cítara 12, **44**, 66, 94
Cítara de concerto 44
Cítara de esteira 44
Clapton, Eric 79, 140, 180
Clarinete 18, 22, **45**, 67, 77, 104, 122, 125, 126, 144
Classicismo 33, **46**, 85, 86, 102, 106, 143, 150, 152, 178
Classicismo vienense 46, 103
Clave **47**, 112
Clave de dó 47
Clave de fá 47
Clave de sol 47, 112
Clave de violino 47
Clavicórdio 20, **48**, 67, 128
Clayderman, Richard 23
Clementi, Muzio 64, 178
Cobham, Billy 127
Cocker, Joe 140
Coda **48**
Coleman, Ornette 144
Cólera pela moeda perdida, A 32
Coll'arco 130
Collins, Phil 107, 180
Coltrane, John 144
Comerciante de pássaros, O 115
Compasso 13, 14, 27, 34, 36, **49**, 61, 97, 98, 100, 112, 126, 131, 132, 138, 144, 149, 157, 167, 174
Composição 18, 22, 48, **50**, 54, 60, 64, 68, 80, 89, 102, 106, 118, 127, 130, 131, 145, 152, 155, 158, 159, 166, 171
Compositor 23, 27, 28, 29, 33, 36, 38, 39, 42, 43, 46, **50**, 80, 83, 89, 94, 95, 98, 99, 100, 103, 106, 112, 114, 115, 118, 119, 125, 130, 132, 136, 139, 142, 147, 150, 152, 154, 158, 159, 164, 169, 174, 177
Con moto 15, **50**
Con sordino **50**
Concertino 51
Concerto 9, 11, 16, 18, 20, 21, 28, 29, 30, 32, 33, 34, 38, 39, 43, 44, 45, 46, **51**, 54, 62, 68, 83, 84, 93, 95, 103, 104, 110, 120, 122, 124, 125, 132, 147, 158, 171, 172
Concerto grosso 28, 29, **51**
Concerto solo 39, 46
Concertos de Brandenburgo 20
Conservatório 62, 169
Contralto **52**, 54, 71
Contrabaixo 22, 38, **52**, 66, 122, 126, 135, 171, 172
Contrafagote 65
Contraponto 74
Contos de Hoffmann 27
Convite à dança 167
Cool Jazz 91
Coppélia 25
Coral 12, 40, 42, **53**, 54, 112, 126, 139, 145
Cordas de bordão 168
Corea, Chik 92, 180
Corelli, Arcangelo 51, 178

Corne inglês 113
Corneto 17, 164
Cornu 164
Coro 9, 21, 32, 42, **54**, 62, 68, 77, 80, 109, 114, 118, 123, 165, 169, 174, 175
Coro da noiva 54, 174
Coro dos marinheiros 175
Coro dos prisioneiros 54, 169
Corpo de ressonância 58, 161, 176
Cosi fan tutte 104
Country & Western 141
Country Music 26
Courante 155
Cravelhas 12
Cravo 20, 21, 22, 26, 35, 51, **55**, 63, 67, 80, 128, 129, 138
Cravo bem temperado, O 74, 102, 133
Crepúsculo dos deuses 174
Crescendo **55**, 60, 90, 129, 131
Criação, A 84, 118
Cristofori, Bartolomeo 128
Cromatismo **56**, 61, 106
Czerny, Carl 64, 95

D

Da capo **57**, 68
Dal segno **57**
Dança 13, 23, 24, 25, 36, 37, 42, 61, 68, 69, 98, 100, 108, 115, 123, 126, 131, 132, 144, 154, 155, 157, 158, 167, 174
Dança em salto 13
Dança lenta 155
Danças folclóricas 157
Danças húngaras 38
Danúbio azul 154, 167
D'Arezzo, Guido 47, 177
Davis, Miles 92, 164, 180
Debussy, Claude 89, 178
Declamação 114, 138
Decrescendo 55, **57**, 59, 60, 129
Dedilhado **58**
Deep Purple 140
Delibes, Léo 25, 178
Desenvolvimento 152
Deutschen Tanz 167
Diapasão **58**, 110
Diatônica 56, **59**
Diminuendo **59**
Dinâmica 11, 55, 57, 59, **60**, 73, 90, 93, 99, 112, 128, 131, 132, 138, 148, 167
Dixieland 91, 92
Dodecafônica 106
Dodecafonismo 106
Dolce **60**
Domingo, Plácido 114

Don Giovanni 104
Don-Kosaken-Chor 54
Dotzauer, Justus J. F. 64
Down by the Riverside 17
Dresdner Kreuzchor 54
Dueto **60**
Duo **60**
Dvořák, Antonín 142, 178

Ecossaise **61**
Educação musical infantil 62, 119
Ein feste Burg ist unser Gott 53
Ein maskenball 169
Ellington, Duke 92, 180
Entertainer 136
Entrada dos gladiadores 56
Época do baixo contínuo 22
Escala de tons inteiros 61
Escala diatônica 59
Escala maior 61
Escala menor 61, 101
Escala musical cromática 56
Escala pentatônica 61
Escala tonal 39, **61**, 90, 101, 149, 163
Escola de música **62**, 119
Espineta **63**, 67, 128
Espressivo **63**
Esterházy, Nikolaus Joseph Fürst 83
Estrofes 40
Estudante mendigo, O 115
Estudo 43, 62, **64**, 95
Estudo revolucionário 43
Estudo tristesse 43
Estudos de Paganini 95
Eugene Onegin 158
Exercício 19, 64, 147, 167
Exposição 12, 152
Expressionismo 106

Faculdade de música 62
Fagote **65**, 67, 120, 122, 125, 126
Fallersleben, Hoffmann von 85
Falstaff 169
Famílias de instrumentos 9, 10, 12, 14, 17, 22, 23, 26, 28, 42, 44, 45, 48, 50, 52, 55, 58, 63, 65, **66**, 70, 72, 75, 76, 77, 78, 82, 94, 112, 113, 119, 120, 125, 126, 127, 128, 130, 133, 137, 144, 151, 153, 156, 160, 162, 163, 164, 165, 166, 168, 170, 171, 172, 176

Fantasia-Impromptu 43
Feldman, Giora 45
Fermata **68**
Festival 174
Festival de Bayreuth 174
Fidélio 32, 114
Finale **68**
Fine 57, **68**
Fischer-Chöre 54
Fischer-Dieskau, Dietrich 114
Flamenco **69**, 78
Flauta 22, 51, 52 , 70, 72, 105, 120, 122, 123, 134, 157
Flauta de Pã 67, **70**
Flauta doce 22, 52, 67, **71**, 122, 152, 153, 160
Flauta mágica, A 16, 70, 94, 97, 104, 114, 116
Flauta piccolo 72
Flauta transversal 67, 71, **72**, 126
Flautistas municipais 72
Flohwalzer 167
Fole 10, 76, 120, 137, 168
Fonteyn, Margot 25
Forte 60, **73**, 90, 99, 128, 129, 131
Fortepiano 60, **73**
Fortissimo 60, 73
Forma sonata 152
Fórmula de compasso 49, 111, 112
Forzato **73**
Fosso da orquestra 123
Four Visions 112
Fournier, Pierre 172
Franck, César 121, 178
Franco-atirador, O 114
Frantz, Justus 128
Frau Luna 115
Free jazz 91, 92
Freude, schöner Götterfunken 32, 54
Frederico, o Grande 72
Fučik, Julius 56
Fuga 20, 28, 29, 41, **74**, 87, 102, 131, 133
Furioso **74**
Furtwängler, Wilhelm 138

Gaita 10, 35, 67, **75**
Gaita de blues 75
Gaita de foles 67, **76**, 168
Gaita *tremolo* 75
Galliarde 155
Galway, James 72
Gaubert, Philippe 72
Gavota 155
Gershwin, George 108, 179
Gesamtkunstwerk 174
Giga 155

Gillespie, Dizzy 92, 164, 180
Giselle 25
Glissando **77**, 163
Goethe, Johann Wolfgang von 145
Gongo 127
Goodman, Benny 45, 92
Gospelsong **77**
Graf, Maria 82
Graf, Peter-Lukas 72
Grazioso **77**
Gregório, o Grande (papa) 88, 177
Gretchen à roca 145
Grieg, Edvard 142, 178
Grützmacher, Friedrich 64
Guarnieri, Antonio 171
Guitarra 34, 66, 67, **78**, 166
Guitarra elétrica 78, **79**, 140
Guizeira 119
Güttler, Ludwig 164

Hair 108
Haley, Bill 141
Hamlisch, Marvin 108, 179
Händel, Georg Friedrich 28, 29, 37, 51, **80**, 81, 114, 118, 155, 178
Handy, William Christopher 35
Hard Bop 91
Hard Rock 140
Harlem Gospel Singers, The 54
Harpa 17, 40, 66, 77, **82**, 88, 122
Harpa de pedal de dupla ação 82
Harrison, George 30
Haskil, Clara 128
Haydée, Márcia 25
Haydn, Joseph 33, 46, **83**, 84, 85, 118, 150, 152, 153
Heavy Metal 140
Heidenröslein 145
Hello Dolly 17, 108
Hendrix, Jimi 79, 140
Henze, Hans Werner 106
Herman, Jerry 108
Heroica 150
Hey Jude 30
High Society 17
Hindemith, Paul 106, 170, 179
Hino 32, 84, **85**
Hino da Europa 32
Hino nacional alemão 84, 85
Hip-Hop 107, 137
História da música 46, **85**, 142
Histórias dos bosques vienenses 154
Hit **87**
Hollies, The 30
Holliger, Heinz 113

Holliger, Ursula 82
Homofonia **87**, 131
Hooker, John Lee 35
Horowitz, Vladimir 128
Humperdinck, Engelbert 60, 114, 178
Hydraulis 121

I Wanna Hold Your Hand 30
Idade Média 23, 40, 53, 72, 82, 85, **88**, 112, 113, 155, 161, 163, 164, 168, 170, 171, 177
Impressionismo 85, **89**
Impromptu 43, 145
Improvisação 21, 37, 39, 69, **89**, 92
Inacabada, A 150
Indicação de dinâmica 11, 55, 57, 59, 73, **90**, 93, 99, 112, 128, 131, 132
Índice Köchel 104
Instrumentos de cordas (cf. também *Instrumentos de arco* e *Instrumentos de cordas dedilhadas*) 26, 52, 58, 66, 67, 78, 122, 126, 130, 162, 170
Instrumento de cordas beliscadas 63
Instrumento de cordas dedilhadas 12, 44, 166
Instrumentos de percussão 66, 122, 126, 127, 162
Instrumentos de sopro (cf. também *Instrumentos de sopro de metal*, *Instrumentos de sopro de madeira*) 14, 28, 50, 67, 103, 125, 134
Instrumentos de sopro de madeira 67, 72, 122, 126, 144
Instrumentos de sopro de metal 67, 122, 126, 163, 164
Instrumentos de teclado 58, 67, 112, 159
Instrumentos eletrônicos 67, 129
Instrumentos musicais mecânicos 67, 137
Instrumentos rítmicos 30, 119, 127
Instrumentos solo 51
Intervalo 52, 61, 74, 76, **90**, 124, 162, 166, 168
Invenções 20
Isaac, Heinrich 139, 177

Jackson, Mahalia 77
Jackson, Michael 107
Jarrett, Keith 92
Jazz 17, 23, 26, 30, 34, 35, 45, 46, 52, 85, 89, **91**, 92, 108, 109, 123, 124, 127, 136, 144, 149, 163, 164, 180
Jazz Fusion 91
Jazz Rock 91
Joachim, Joseph 171
João e Maria 60, 114
John, Elton 23, 107
Johnson, Pete 37
Joplin, Scott 136, 180

K

Kagel, Mauricio 106, 179
Kálmán, Emmerich 115, 179
Kander, John 108, 179
Kantor 21
Karajan, Herbert von 138
Karas, Anton 44
Kempff, Wilhelm 128
King, B. B. 35
Kinks, The 30
Kiss Me, Kate 108
Kluge, Die 114, 119
Kobza 12
Köchel, Ludwig Ritter von 104
Kollo, René 114, 115
Koto 44
Kreisler, Fritz 171
Kremer, Gidon 171
Kreutzer, Rudolphe 64
Krupa, Gene 127
Künneke, Eduard 115, 179

L

La Campanella 95
La Danza 157
Lady Be Good 108
Lago dos cisnes, O 25, 98, 132, 157, 158
Ländler 167
Largo 80, **93**
Lasso, Orlando di 139, 177
Led Zeppelin 140
Legato 18, 90, **93**, 148, 153
Leggiero **93**
Lehár, Franz 115
Leitmotiv 174
Lennon, John 30, 180
Lento 11, 15, 23, 27, **93**, 101, 140
Let It Be 30
Levine, James 138
Lewis, Jerry 141
Lewis, Meade "Lux" 37
Libretista 94
Libreto **94**, 174
Ligeti, György 106, 179
Lincke, Paul 179
Linde, Hans-Martin 71
Lindenbaum, Die 145
Linguagem corporal 25
Linhas de notas 9
Linhas suplementares 111
Lira 66, **94**, 171
Lira da braccio 171
Liszt, Franz 38, 64, **95**, 125, 128, 132, 142, 152, 167, 173, 174, 178
Little Richard 141
Loewe, Carl 23, 178
Loewe, Frederick 108, 179
Lohengrin 54, 174
L'Orfeo 114
Lucia, Paco de 78
Lully, Jean-Baptiste 28, 178
Lutero, Martinho 53, 139

M

Maazel, Lorin 138
Mac Dermot, Galt 108, 179
Macht des Schicksals, Die 169
Madonna 107
Maestoso **96**
Mahler, Gustav 138, 142, 150, 178
Maior 39, 45, 52, 56, 61, 90, 101, 104, 124, 145
Maisky, Micha 172
Mälzel, Johann Nepomuk 33, 99
Manuais 55, 121
Marcato **96**
Marcha **97**, 165
Marcha do triunfo 97
Marcha turca 104
Marcha do sacerdote 97
Marcha military 145
Marcha Radetzky 154
Marching Bands 91, 92
Marley, Bob 139, 180
Masur, Kurt 138
Mazurca 43, **98**
McCartney, Paul 30, 107
Membrana 156
Mendelssohn Bartholdy, Felix 138, 142, 150, 179
Menestréis 82, 88, 168
Menor 20, 56, 61, 95, 101, 104, 147, 150, 152
Menuhin, Yehudi 171
Messiaen, Olivier 121, 180
Messias, O 80, 118
Mestres-cantores 88, 114, 174
Mestres-cantores de Nuremberg, Os 114, 174
Metallica 140
Metalofone 176
Metheny, Pat 92
Método Orff, O 119
Metrônomo 11, 13, 15, 33, 93, **99**, 101, 133, 159
Metropolitan Opera (Met) 114
Meyer, Sabine 45
Mezzoforte 60, **99**

Mezzopiano 60, **99**
Michelangeli, Arturo Benedetti 128
Miller, Glenn 92
Millöcker, Karl 115
Minueto **100**, 155
Missa 20, 32, 84, 103, 104, 145, 169
Missa alemã 145
Missa dos tímpanos 84
Missa em si menor 20
Mistérios e espetáculos com máscaras 114
Moderato **101**
Moldava, O 130
Moments musicaux 145
Monet, Claude 89
Monteverdi, Claudio 28, 29, 114
Moore, Gary 79
Moran, Robert 112
Morcego, O 154
Morte e a donzela, A 145
Morton, Jelly Roll 35, 180
Motivo **102**, 124, 159, 174
Movimento 15, 37, 41, 68, 100, **102**, 112, 119, 126, 138, 143, 150, 152, 153, 155, 168
Mozart, Leopold 103, 171
Mozart, Wolfgang Amadeus 16, 18, 33, 45,46, 70, 89, 94, 97, 102, **103**, 104, 114, 116, 132, 150, 152, 166, 168, 171, 178
Música aleatória 106
Música aquática 37, 80, 81, 155
Música de câmara 20, 21, 32, 38, 80, 84, 102, 103, **105**, 123, 145, 147, 158
Música de entretenimento 164
Música de salão 142
Música eletrônica 106, 151
Música militar 144
Música moderna **106**, 112, 142, 151
Música para fogos de artifício 80
Música pop 23, 30, 40, 85, **107**, 108, 121, 139
Música programática 130, 142
Música sacra 88, 103, 105, 139, 163
Musical **108**, 115
Mussorgsky, Modest 142, 179
Mutter, Anne-Sophie 171
My Fair Lady 108

Nabucco 54, 169
Navio fantasma, O 114, 174, 175
Negro spiritual 35, 40, 77, 91, **109**
Neoclassicismo 106
Neumas 112
New Orleans Jazz 91
Nicolet, Aurèle 72
Nijinsky, Vaclav 25

Nirvana 140
Noite em Veneza, Uma 154
Nota básica 61
Nota de afinação 58, **110**
Notação coral 112
Notação gráfica 112
Notação musical 10, 19, 49, 88, 93, 106, **111**, 112, 148, 153
Notação quadrada 112
Notas 9, 18, 22, 47, 49, 58, 59, 61, 93, 101, 106, 111, 112, 160
Nova Revista de Música 147
Nobody Knows the Trouble I´ve Seen 109
Noturno 43
Nurejew, Rudolf 25

Oboé 51, 67, 110, **113**, 122, 125, 126
Oboé da caccia 113
Oboé d'amore 113
Oferenda musical, A 20
Offenbach, Jacques 27, 115, 179
Oistrach, David 171
Oitava 61, 90, 166
Ópera 16, 27, 28, 29, 32, 54, 60, 68, 70, 80, 84, 94, 95, 97, 103, 104, 105, 113, **114**, 115, 118, 119, 123, 124, 138, 142, 145, 147, 150, 158, 169, 174, 175
Ópera dos três vinténs, A 114
Opereta 94, 108, **115**, 154
Opus **118**, 133
Oratório 16, 20, 28, 42, 80, 84, 94, **118**, 124, 125, 138, 150
Oratório de Natal 20, 118
Orfeu no inferno 115
Orff, Carl 114, **119**, 162, 176, 180
Órgão 20, 21, 22, 33, 67, 80, 89, 95, 103, 106, **120**, 121, 124, 128, 137, 159, 169
Orifícios simples 72
Orquestra sinfônica 122
Ostinato 37, **124**
Otelo 169
Ouro do Reno 174
Ouverture **124**, 155
Ouverture de concerto 124

Paganini, Niccolò 42, 64, 95, **125**, 170, 171, 173, 179
Paixão 16, 20, **125**
Paixão segundo São João 20, 125
Paixão segundo São Mateus 20, 125
Palestrina, Giovanni Pierluigi da 139, 177
Palheta 23, 26, 44, 45, 65, 67, 75, 78, 94, 113, **125**, 144, 166

Palheta dupla 65, 113, 125
Palmas rítmicas 69
Pandeiro 66, 119, **126**, 157
Pantomima 25
Papageno 70
Parada 68
Parada de sucessos 87
Parker, Charlie 92, 144, 180
Parsifal 174
Partitura 9, 19, 83, 90, 99, **126**
Passacaglia 124
Pássaro de fogo, O 25
Pastoral 32, 130, 150
Patética 32, 150, 158
Pausa 49, 68, 111, 138
Pavana 155
Pavarotti, Luciano 114
Pavlova, Anna 25
Pedal 82, 129, 148, 161
Pedro e o lobo 65, 113
Penderecki, Krzysztof 106, 180
Pentagrama 47, 111
Pequena serenata noturna, Uma 104, 166
Pequeno livro de Anna Magdalena Bach 20
Percussão 30, 34, 50, 66, 119, 122, 126, **127**, 137, 140, 162
Peterson, Oscar 92, 180
Petri, Michala 71
Petruschka 25
Phillips, Simon 127
Pianissimo 60, 128
Pianista 37, 38, 43, 95, **128**, 136, 147, 171
Piano 9, 10, 14, 18, 19, 20, 23, 27, 32, 33, 34, 37, 38, 39, 40, 43, 51, 55, 56, 58, 60, 61, 62, 64, 67, 73, 77, 80, 84, 89, 93, 95, 97, 98, 99, 101, 103, 104, 105, 109, 110, 122, 124, **128**, 129, 130, 134, 135, 136, 145, 147, 151, 152, 155, 158, 159, 162, 167, 173
Pianoforte 128, **130**
Pink Floyd 140
Pintura com som **130**
Pipa 12
Pizzicato **130**
Player Rolls 136
Poco **131**
Pogorelich, Ivo 128
Poemas sinfônicos 95
Polca **131**, 154
Polca Trish-Trash 131, 154
Polifonia 41, 74, 87, **131**
Polifônica 23, 41, 74, 88, 131, 139
Pollini, Maurizio 128
Polonaise 43, **132**
Popper, David 64
Popular 23, 37, 53, 61, 71, 100, 107, 115, 124, 131, 139, 161, 166
Portato 18, **132**
Porter, Cole 108, 180
Pour Elise 32, 33
Praetorius, Michael 139, 177

Prato 66, 119, 122, 126, 127, **133**
Pré, Jacqueline du 172
Préludes, Les 95
Prelúdio 43, **133**, 150, 155
Prelúdio da gota d'água 43
Presley, Elvis 141
Presto **133**, 159
Prey, Hermann 114
Price, Leontyne 114
Primeira 90
Primeira bailarina 25
Primeira perda 101
Primo de não sei onde, O 115
Prokofiev, Sergej 25, 65, 113, 150, 180
Puccini, Giacomo 114, 179
Purcell, Henry 28

Quantz, Johann Joachim 72
Quarta 22, 90
Quarteto 9, 46, 84, 105, **134**
Quarteto com piano 134
Quarteto de cordas 9, 32, 46, 84, 85, 105, 134, 145, 169
Quarteto de sopro 134
Quarteto Imperador 84, 85
Quatro estações, As 118, 171
Quebra-nozes, O 25, 98, 158
Queen 140
Quinta 22, 74, 76, 90, 102, 162, 168
Quinteto **135**
Quinteto da truta 135
Quinteto de cordas 135
Quinteto para piano 135
Quintetos de sopro 135

Rabeca 88, 171
Rachmaninoff, Sergei 128
Ragtime **136**
Rainha da Noite 16
Rallentando **136**
Rampal, Jean-Pierre 72
Rap 107, **137**
Rapsódia húngara 95
Rapto do serralho, O 104
Rattle, Simon 138
Ravel, Maurice 89
Realejo 67, **137**
Recapitulação 152
Recitativo 16, 114, 118, **138**, 174

Refrão 40, 143
Regensburger Domspatzen 54
Regente/maestro **138**
Reger, Max 121
Reggae **139**
Registro 120
Rei dos elfos 145
Rei Luís II 174
Renana 147
Renascimento 12, 85, **139**, 177
Réquiem 104, 169
Réquiem alemão, Um 38
Rhythm & Blues 141
Rias-Kammerchor 54
Richter, Karl 121
Richter, Svjatoslav 128
Rigoletto 114, 169
Rihm, Wolfgang 106, 180
Ritardando **140**
Ritmo 23, 36, 42, 69, 92, 98, 102, 109, 112, 119, 132, 136, 140, 156, 159, 168, 170
Rock 46, 62, 79, 85, 91, 108, 127, 137, **140**, 141, 144, 151, 159, 180
Rock Around the Clock 141
Rock'n'Roll 35, 107, 140, **141**
Rökk, Marika 115
Rolling Stones, The 140
Romantismo 38, 40, 42, 85, 106, 130, **142**, 143, 150, 178
Romantismo tardio 142
Romeu e Julieta 25
Rondó **143**
Rondó clássico 143
Rossini, Gioacchino 114, 130, 157, 179
Rostropovitch, Mstislaw 172
Rothenberger, Anneliese 115
Royal Academy of Music 80
Rubinstein, Artur 128

Sachs, Hans 88, 177
Sagração da primavera, A 25
Saint-Saëns, Camille 121, 172, 179
Salieri, Antonio 95, 178
Saltério 44
Saltério dos Apalaches 44
Sanfona 10
Sangue vienense 154
Santana 140, 180
Sarabanda **144**, 155
Satchmo 18
Sax, Adolphe 144
Saxofone 28, 34, 52, 67, 125, **144**, 163
Scala de Milão 114
Schellenberger, Hansjörn 113

Scherzo 43
Schiff, Heinrich 172
Schikaneder, Emanuel 94
Schock, Rudolf 115
Schönberg, Arnold 106, 180
Schramm, Margit 115
Schreier, Peter 114
Schubert, Franz 23, 40, 61, 97, 132, 135, 142, **145**, 146, 150, 152, 167, 168, 179
Schubertíade 145, 146
Schumann, Robert 23, 38, 40, 101, 125, 132, 142, **147**, 150, 172, 179
Schütz, Heinrich 28, 178
Schwarzkopf, Elisabeth 114
Scorpions 140
Scott, James 136
Segovia, Andrés 78
Segunda 90
Semitom 56, 61, 149
Semperoper 114
Sempre **148**
Senza **148**
Sétima 90
Serenata 103, 104, 145, 158, 166
Serialismo 106
Ševčik, Otakar 64
Sexta 22, 90
Sforzato 60, 73, **148**
She Loves You 30
Siciliano 106
Siegfried 174
Silbermann, Gottfried 121
Símile **148**
Sinal de alteração/acidente 34, **149**
Síncope 37, 136, **149**
Sinfonia 32, 38, 46, 54, 68, 83, 84, 95, 100, 102, 103, 104, 122, 126, 130, 142, 143, 145, 147, **150**, 158
Sinfonia alpina, Uma 150
Sinfonia clássica 150
Sinfonia do adeus 83, 84
Sinfonia fantástica 150
Sinfonia Júpiter 150
Sinfonia Praga 104
Sinfonia primavera 150
Sinfonia surpresa 84, 150
Sinfonias de Londres 84
Sinfonia italiana 150
Sintetizador 67, **151**
Siringe 70
Sistema alfabético de notação 112
Sistema mensural 112
Sistemas de notação 9
Sitt, Hans 64
Smetana, Bedřich 130, 131, 142
Smith, Bessie 35
Smith, Clarence "Pine Top" 37
Soft Rock 140
Soleares 69

Solista 39, 68, 138, 145, 152
Solo 12, 16, 20, 25, 30, 39, 42, 46, 48, 51, 55, 68, 77, 118, 125, 138, 145, **152**, 153, 164, 165, 167, 170, 172
Som 9, 11, 12, 13, 26, 30, 34, 35, 48, 50, 55, 63, 64, 67, 71, 76, 79, 93, 113, 120, 124, 125, 129, 130, 136, 161, 162, 163, 168, 170, 176
Sometimes I feel 109
Sonata 32, 43, 46, 68, 84, 95, 100, 102, 103, 104, 105, 143, **152**, 171
Sonata ao luar 32
Sonata facile 104
Sonata Kreutzer 32
Sonatina 152
Sonho de amor 95
Soprano 52, 54, 71, 113, 126, 144, **153**, 171
Sor, Fernando 78
Sousafone 165
Staccato 18, 64, 84, 93, **153**
Ständchen 145
Starr, Ringo 30
Stein, Rose 82
Stern, Isaac 141, 171
Stich, Jan Václav (Punto) 163
Stockhausen, Karlheinz 106, 180
Stradivari, Antonio 171
Strauss, Johann (filho) 115, 131, 142, **154**, 167
Strauss, Johann (pai) 97, 167
Strauss, Richard 130, 142
Strawinsky, Igor 106, 180
Suíte 12, 13, 20, 28, 29, 37, 100, 124, 144, **155**, 172
Suítes inglesas 155
Suítes francesas 155
Suppé, Franz von 115, 179
Swing 45, 91, 92
Swing Low 109

Tablatura 112
Tambor 84, 119, 122, 126, 127, **156**, 161
Tambor de madeira fendida 156
Tannhäuser 88, 174, 177
Tarantela 126, **157**
Tarr, Edward 164
Tauber, Richard 115
Tchaikovsky, Piotr Ilich 25, 93, 132, 142, 150, 157, **158**, 167
Techno 107
Teclado 10, 20, 48, 55, 58, 63, 67, 112, 121, 140, **159**
Telemann, Georg Philipp 28, 42, 51, 178
Tema 65, 74, 102, 114, 118, 124, 125, 134, 143, 145, 152, 153, **159**, 168, 174
Tempo 9, 11, 13, 15, 90, 93, 98, 99, 101, 111, 133, 138, 149, 150, **159**
Tenor 28, 47, 54, 71, 126, 144, **160**
Tenuto 18, **160**
Terça 22, 90, 162
Terra do sorriso, A 115
Terzetto 162
Thomanerchor 21, 54
Tímpano 66, 119, 120, 122, 126, 127, **161**, 164
Tímpano de orquestra 161
Tímpano de pedal 161
Tímpano giratório 161
Tocata e fuga em ré menor 20
Tom inteiro 61
Tosca 114
Toscanini, Arturo 138
Traviata, La 169
Tremeloes, The 30
Tremolo 26, 75
Tríade 10, 22, 39, **162**
Triângulo 66, 119, 122, 126, 127, **162**
Trio 51, **162**
Trio com piano 162
Trio de cordas 162
Tristão e Isolda 174
Trombone 34, 77, 122, 126, **163**
Trompa 67, 122, 126, **163**
Trompa de caça 163
Trompete 17, 34, 47, 50, 67, 120, 122, 126, 151, 161, **164**
Trompetes de fanfarra 164
Troubadour 23, 88
Troubadour, Der (Verdi) 169
Tuba 22, 67, 122, 126, **165**
Tubos 65, 70, 76, 120, 137, 163
Turner, Tina 107
Turpin, Tom 136
Tutti 51, 152, **165**

Ukulele 66, **166**
União e direito e liberdade 85
Uníssono 90, 109, **166**

Vai, Steve 79
Valquíria, A 174
Valsa 43, 154, **167**, 174
Valsa das flores 167
Valsa do Imperador 167
Valsa do minuto 43, 167
Valsa Mefisto 95, 167
Valsas vienenses 115, 154
Válvula 137, 163, 164, 165

Variação 60, 137, 159, **168**
33 variações de uma valsa de Diabelli 168
Verdi, Giuseppe 54, 97, 114, 142, **169**, 179
Variações Goldberg 168
Viagem de inverno 145
Vibrafone 127
Viel Glück und viel Segen 41
Viela de roda 66, 67, **168**
Villa Wahnfried 174
Vinas 44
Viola 9, 47, 52, 66, 122, 126, 134, 135, 166, **170**, 171, 172
Viola da braccio 170
Viola da gamba 52, 170
Viola de perna 52
Violão clássico 78
Violão rítmico 78
Violinista diabólico 125
Violino 9, 32, 38, 42, 47, 51, 60, 64, 66, 80, 83, 103, 120, 122, 125, 126, 134, 135, 138, 151, 152, 153, 158, 166, **170**, 171, 173
Violoncelo 9, 20, 47, 51, 60, 64, 66, 122, 126, 134, 135, 147, 166, 171, **172**
Virtuose 21, 39, 42, 43, 45, 95, 125, 170, **173**
Viúva alegre, A 115
Vivaldi, Antonio 28, 29, 51, 130, 171
Vogelhändler, Walther von der 115
Volumina para órgão 106
Vom Himmel hoch, da komm ich her 53

Wagner, Richard 54, 94, 95, 114, 142, **174**, 175, 179
Walcha, Helmut 121
Wandererfantasie 145
Waters, Muddy 35
Webber, Andrew Lloyd 108, 180
Weber, Carl Maria von 114, 138, 142, 167, 179
Weill, Kurt 114, 180
West Side Story 108
What a Wonderful World 18
When Israel Was In Egypt's land 109
When the Saints Go Marching In 18
Wieck, Clara 147
Wiener sängerknaben 54
Williams, John 78
Winter, Johnny 79
Wolkenstein, Oswald von 88, 177
Wonder, Stevie 107, 180
Wozzeck 114

Xerxes 80, 114
Xilofone 66, 119, 122, 127, **176**
Xilofone africano de troncos de árvores 176

Yancey, Jimmy 37
Yepes, Narciso 78
Yesterday 30

Zabaleta, Nicanor 82
Zamfir, Gheorghe 70
Zawinul, Joe 92
Zeller, Carl 115
Zimmermann, Tabea 170

Créditos

p. 5: Foto de Peter Schreier: © Ulrich Seibert, c/o Musikhaus Hieber.

p. 10: Foto de acordeão: © Editions J. M. Fuzeau.

p. 17: Foto de Louis Armstrong feita por László Vamos: © Vamos, Laszlo/Licenciado por AUTVIS, Brasil, 2014.

p. 34: Foto de James Last's Big Band: © Set Photo Productions, Munique.

p. 38: Foto de uma pintura de Johannes Brahms: © Österreichische Johannes-Brahms-Gesellschaft.

p. 43: pinturas a óleo Ary Scheffer, Museu Dordrechts, Dordrecht.

p. 44: Cítara medieval, Sloane 3983, fol. 42v.

p. 45: Foto de um chalumeau, de Patricia Partl: © Patricia Partl; Foto de um clarinete em si: © Editions J. M. Fuzeau.

p. 46: Viena no século XVIII, arquivos Malvisi, Populonia.

p. 48: Clavicórdio, segundo H. século XVII, Museu de Instrumentos Musicais, Leipzig.

p. 63: Espineta, v. J. H. Silbermann, 1767, Museu Nacional Germânico, Nurembergue.

p. 71: flauta doce soprano e flauta doce contralto: © Moeck Music.

p. 75: Fotos de várias gaitas: © Matthias Hohner AG.

p. 82: direita: Werner Forman Archive.

p. 83: Pintura a óleo de Thomas Hardy, 1792, Royal College of Music, em Londres.

p. 89: Foto da pintura *Impression, soleil levant,* 1872, de Claude Monet.

p. 95: pintura de Barabás, 1847, Museu Nacional de Budapeste.

p. 103: Mozart, retrato da família v. J. N. della Croce, 1780/81.

p. 106: Sylvano Bussotti: *Siciliano:* © Bèrben s.r.l. – Edizioni musicali; György Ligeti: *Volumina para Órgão,* esboço: © 1973 by Henry Litolff's Verlag. Used by permission of C. F. Peters Corporation. All Rights Reserved.

p. 112: Gravura, *Quatro Visões* de Robert Moran: Robert Leonard Moran "Four Visions|für Flöte, Harfe und Streichquartett": © Copyright 1964 by Universal Edition (London) Ltd., London/UE 13961.

p. 113: Foto de caramela: © Patricia Partl.

p. 114: Foto de Semperoper em Dresden: © DFT/Rulff.

p. 118: Foto Dresdner Kreuzkirche: © Presse und Öffentlichkeitsarbeit der Musikfestspiele Dresden.

p. 119: Foto de Carl Orff por Hannelore Gassner: © Hannelore Gassner.

p. 120: Foto de Trostorgel em Altenburg: © Monika Heinrich.

p. 125: Zeichnung v. J. D. Ingres, 1819; palheta simples e palheta dupla: © Editions J. M. Fuzeau.

p. 129: Foto de um piano: © Yamaha-Europe GmbH; Foto de um paino de cauda: © Yamaha-Europe GmbH.

p.138: Foto de James Levine: © Ulrike Myrzik; Foto de Herbert von Karajan: © Siegfried Lauterwasser; Foto de Leonard Bernstein: © Bernstein Erbenverwaltung, New York.

p. 145: Pintura por Rieder.

p. 147: Desenho em carvão vegetal de E. Bendemann, 1859.

p. 161: Tímpano giratório: © STUDIO 49 D-82166 Gräfelfing bei München/Germany.

p. 165: Tuba (baixo de): © Editions J. M. Fuzeau.

p. 166: Ukulele: © Ulrich Seibert, Munique.

p. 169: Pintura de G. Boldini, 1886. Casa di Riposo Giuseppe Verdi, Milão.

p. 170: Violino: © Editions J. M. Fuzeau.

p. 174: Pintura de F. v. Lenbach, 1871.

p. 176: Várias fotografias de Instrumentos: ©STUDIO 49 D- 82166 Gräfelfing bei München/ Germany.